藝　文　叢　刊

獨鹿山房詩稿

〔清〕馮銓　著
黄成蔚　張夢新　點校

浙江人民美術出版社

首都圖書館藏清抄本馮銓《獨鹿山房詩稿》考論（代前言）

馮銓，字振鷺。生於明神宗萬曆二十三年（一五九五），北直隸順天府涿州人[一]，萬曆四十一年（一六一三）進士，初授檢討。天啟五年（一六二五）夤緣魏忠賢，以禮部右侍郎兼東閣大學士入内閣輔政，次年晋户部尚書，兼太子太保、武英殿大學士，參與編纂《三朝要典》，崇禎帝即位後即被治罪罷官爲民。順治元年（一六四四）降清，一直備受多爾衮及順治帝的信任，官至禮部尚書兼中和殿大學士，加太保致仕。康熙十一年（一六七二）卒，謚文敏，但乾隆間被削謚。

由於馮銓在晚明黨争中加入閹黨集團，在崇禎初年欽定逆案中列名「交接近侍又次等」，受到了「坐徒三年，納贖爲民」[二]的處分，史籍對他的評價更是「明二百餘年國祚，壞於（魏）忠賢，而忠賢當日殺戮賢良，通賄謀逆，皆成於（馮）銓。此通國共知者」[三]。另外，在清軍入關以後，馮銓不顧民族氣節，「以銓降後與之獮、若琳皆先薙髮」〔四〕，所以無論在當時還是後世人看來，馮銓都是一個人格卑劣的奸臣。而馮銓的著作，往往因人廢文，得不到較好的保存或傳播，甚至遭到了有意毁損。根據著録情況可知，馮銓的著作有《獨鹿山房詩稿》和《瀛州賦》。其中《瀛州賦》目前已不知下落，經筆者搜尋，得知《獨鹿山房詩稿》現藏於北京市首都圖書館古籍部，並在古籍部工作人員的熱情協助下，獲得了清抄本《獨鹿山房詩稿》的複本，以資學術研究。這個本子是海内外現存唯一的馮銓著作集成，堪稱孤本，甚至連《中國古籍總目》亦未著録。同時此書也是馮銓研究的第一手珍貴資料，在目前所能見的有關馮銓的研究論著裏，皆未及引用《獨鹿山房詩稿》中的内容，因此本次發現，是馮銓《獨鹿山房詩稿》文本的挖掘與研究領域的開拓。筆者即以文本研究爲基礎，擬對此書的版本信息，以及書中有關重要發現進行論述。

一、《獨鹿山房詩稿》的版本情況

《獨鹿山房詩稿》是目前已知馮銓所著詩歌的全集。清抄本，全書無序跋，共一百十五頁。首頁殘損，導致本頁一半内容丢失；最後一頁左上角有殘損，脱三字，其餘諸頁上的文字皆保存較爲完整，每頁八列，每列至多二十字。全書共有詩二百六十一首，分别爲四言詩十六首、五言古詩十五首、七言古詩十二首、五言律詩五十一首、七言律詩七十一首、五言絶句七首、七言絶句八十九首。詩集中詩歌，每一類都大體按作詩時間先後編排，其中有明確紀年，時間最早的一首是七言律詩中的《初至孟津應道詩》，詩題下注「時十四歲」，按馮銓出生於明神宗萬曆二十三年（一五九五），此詩當作於萬曆三十六年（一六〇八）。而時間最晚的是七言絶句中組詩《哭訥藍内子》[五]，這組詩是悼亡詩，作於馮銓妻子逝世之後，同時這組詩也是《獨鹿山房詩稿》中最後的詩作。關於馮銓妻子逝世的時間，據詩集中七言律詩的最後一首《爲滿洲内子卜葬》之詩題下注「己酉春」可知，此「己酉」當爲清聖祖康熙八年（一六六九），則其死期至晚爲康熙八年春。而這組悼念亡妻的詩作，應皆作於康熙八年春之後，按馮銓卒於康熙十一年（一六七二），這組共有七十九首的悼亡詩之創作時間當爲康熙八年春至康熙十一年。所以，整部《獨鹿山房詩稿》的創作時間横跨明清兩朝，從明神宗萬曆三十六年到清聖祖康熙十一年，共歷六十五年，幾乎涵蓋了馮銓從少年到晚年的全部時間。下面就將《獨鹿山房詩稿》中有紀年的詩作成列表，以便更清晰地呈現馮銓詩作的時代情況：

詩題〔六〕	體裁	紀年
甲戌紀事	五言古詩	明思宗崇禎七年（一六三四）
冬夜（乙亥十二月二十六日）	五言古詩	明思宗崇禎八年（一六三五）
夏日集徐望仁荷軒（有小序，順治庚寅六月）	五言古詩	清世祖順治七年（一六五〇）
出都門别范斗欽丁鎮九（辛卯五月二日）	五言古詩	清世祖順治八年（一六五一）
哭楊鯍華文學（壬辰五月十四日）	五言古詩	清世祖順治九年（一六五二）
美女篇（乙丑季春有此作，偶簡篋中得舊稿，因録出）	七言古詩	明熹宗天啟五年（一六二五）
涿州關聖廟賽神（順治辛卯五月十三日）	七言古詩	清世祖順治八年（一六五一）
思婦吟（順治庚寅七月四日）	七言古詩	清聖祖順治七年（一六五〇）
偶成（癸未重陽）	七言古詩	明思宗崇禎十六年（一六四三）
清明野望（辛未）	七言古詩	明思宗崇禎四年（一六三一）
初罷（丙寅閏六月）	五言律詩	明熹宗天啟六年（一六二六）
丙寅秋夕	五言律詩	明熹宗天啟六年（一六二六）

續表

詩題	體裁	紀年
辛未春雪（初七日）	五言律詩	明思宗崇禎四年（一六三一）
辛未病中寒食	五言律詩	明思宗崇禎四年（一六三一）
迎春（辛未臘月）	五言律詩	明思宗崇禎四年（一六三一）
舟發龔村（壬申立秋日）	五言律詩	明思宗崇禎五年（一六三二）
喜房海客見過（壬申）	五言律詩	明思宗崇禎五年（一六三二）
黄柏觀喜雨（甲戌五月朔）	五言律詩	明思宗崇禎七年（一六三四）
寄贈潘亦式黄門（甲戌五月晦）	五言律詩	明思宗崇禎七年（一六三四）
小池泛舟同劉樂予史我肅諸友（乙亥秋八月）	五言律詩	明思宗崇禎八年（一六三五）
茂之涉山有詠率爾言和（丁丑五月十三日）	五言律詩	明思宗崇禎十年（一六三七）
中和峪英國賜山（己卯夏日）	五言律詩	明思宗崇禎十二年（一六三九）
柳津莊（壬午七月廿六日）	五言律詩	明思宗崇禎十五年（一六四二）

續表

詩題	體裁	紀年
雨夜有懷（順治辛卯六月四日）	五言律詩	清世祖順治八年（一六五一）
虚窗（六月六日）[七]	五言律詩	清世祖順治八年（一六五一）
晚酌觀吾家退之與史聯叔象戲吕乃安與張君君翰圍碁（辛卯七月）	五言律詩	清世祖順治八年（一六五一）
秋月婁江友人楊叔蓮長郎繩胤過涿以詩見投悵然感懷即用其韻（辛卯八月五日）	五言律詩	清世祖順治八年（一六五一）
寄謝鄧元昭翰林貽書云連年桃李之陰各有所云云以此答之（壬辰九月）	五言律詩	清世祖順治九年（一六五二）
乙未仲冬欽賜御筆恭紀	五言律詩	清世祖順治十二年（一六五五）
南苑應制（順治十三年仲春）	五言律詩	清世祖順治十三年（一六五六）
初至益津應道試（時十四歲）	七言律詩	明神宗萬曆三十六年（一六〇八）
己巳秋暮	七言律詩	明思宗崇禎二年（一六二九）

續表

詩題	體裁	紀年
溪浦小舟漂浮積載，壬申秋漲棹抵天津。西北烟波，宛潬來會。客曰：露氣芳香，水花澄瑩，當是從御河來也。戚戚在衷，感激成韻	七言律詩	明思宗崇禎五年（一六三二）
紀難十四首之癸未七月河南事	七言律詩	明思宗崇禎十六年（一六四三）
紀難十四首之癸未八月陝西事	七言律詩	明思宗崇禎十六年（一六四三）
紀難十四首之甲申正月山西事	七言律詩	明思宗崇禎十七年（一六四四）
紀難十四首之甲申二月賊陷寧武關大將軍周遇吉死之	七言律詩	明思宗崇禎十七年（一六四四）
紀難十四首之甲申二月賊至大同巡撫衛景瑗死之	七言律詩	明思宗崇禎十七年（一六四四）
紀難十四首之甲申三月賊至宣府巡撫朱國壽等死之	七言律詩	明思宗崇禎十七年（一六四四）
紀難十四首之甲申三月昌平事	七言律詩	明思宗崇禎十七年（一六四四）

續表

詩題	體裁	紀年
紀難十四首之甲申三月十九日事	七言律詩	明思宗崇禎十七年（一六四四）
紀難十四首之甲申三月二十三日余被難涿事	七言律詩	明思宗崇禎十七年（一六四四）
紀難十四首之甲申五月初一日涿人殺賊	七言律詩	明思宗崇禎十七年（一六四四）
紀難十四首之追憶甲申二月出師事	七言律詩	明思宗崇禎十七年（一六四四）
紀難十四首之賊攻保定不下力竭城陷監視方正化鄉紳張羅彦死之	七言律詩	明思宗崇禎十七年（一六四四）
紀難十四首之太夫人駡賊甲申四月四日涿州事	七言律詩	明思宗崇禎十七年（一六四四）
紀難十四首之甲申四月十日群盜既劫余家，又執余入京，將使寇渠李自成親殺以洩其恨。友人楊玉華、史聯叔、張用徵，送余於巨馬河北，涕泗横流，蓋知余必死矣。余慰之曰：「有極尋常二語卻極切此事，諸君願聞之乎？」皆曰：「唯。」余曰：「合乎天理之正，即乎人心之安，諸君何痛焉！」	七言律詩	明思宗崇禎十七年（一六四四）

續表

詩題	體裁	紀年
都城後湖別業沐園夏日(順治丁亥五月二十二日)	七言律詩	清世祖順治四年(一六四七)
雨後陳翰林過訪(丁亥五月廿五日)	七言律詩	清世祖順治四年(一六四七)
懷仙(丁亥六月十日)	七言律詩	清世祖順治四年(一六四七)
其四對酌(丁亥六月十二日)	七言律詩	清世祖順治四年(一六四七)
其五晚坐(丁亥六月十三日)	七言律詩	清世祖順治四年(一六四七)
其六(丁亥六月廿一日)[八]	七言律詩	清世祖順治四年(一六四七)
無題(辛卯七月十二日)	七言律詩	清世祖順治八年(一六五一)
桓侯廟(辛卯秋日)	七言律詩	清世祖順治八年(一六五一)
酹仲石弟墓(辛卯七月十三日)	七言律詩	清世祖順治八年(一六五一)
謁先塋有感(辛卯七月十四日)	七言律詩	清世祖順治八年(一六五一)
酬呂乃安(辛卯七月)	七言律詩	清世祖順治八年(一六五一)

續表

詩題	體裁	紀年
乃安詩中有望仙語因作憶遊仙詩一首仍步其韻（辛卯七月）	七言律詩	清世祖順治八年（一六五一）
壽晋州守李掖公名佐聖（壬辰四月十日）	七言律詩	清世祖順治九年（一六五二）
秋日寄懷寧夏劉孝吾元戎（壬辰八月）	七言律詩	清世祖順治九年（一六五二）
顧君質生子晬日（壬辰九月）	七言律詩	清世祖順治九年（一六五二）
先公生日悵然悲感（壬辰十月九日）	七言律詩	清世祖順治九年（一六五二）
南苑應制（順治十三年仲春）	七言律詩	清世祖順治十三年（一六五六）
畋射（十四年孟冬）	七言律詩	清世祖順治十四年（一六五七）
贈董約之赴蕪城記室（戊戌）	七言律詩	清世祖順治十五年（一六五八）
爲滿洲内子卜葬（己酉春）	七言律詩	清聖祖康熙八年（一六六九）
南苑應制（順治十三年仲春）	五言絶句	清世祖順治十三年（一六五六）

續表

詩題	體裁	紀年
辛未春雪	七言絶句	明思宗崇禎四年（一六三一）
南苑應制（順治十三年仲春）	七言絶句	清世祖順治十三年（一六五六）
房山道中得雪（庚子十二月二十二日）	七言絶句	清世祖順治十七年（一六六〇）
哭訥藍内子（七十九首）	七言絶句	康熙八年（一六六九）春至康熙十一年（一六七二）作者去世

從表中所列詩作時間可知，除七言古詩採取了從清世祖順治八年到明思宗崇禎四年的倒敘排列方式外，其餘詩作都是按詩體進行編年排序的，即使是未標明創作時間的詩作，也大體符合順敘或倒敘的時間順序。從詩體的選擇上看，馮銓創作最多的是律詩，其次是絶句，再次爲古體詩，從中可看出其創作傾向。

關於此書的版本，首都圖書館著録爲「清抄本」，但未著明是清代哪朝的抄本。通過對文本的細讀，發現五言古詩《夜坐同卜子甯、沈小休》中句「雨餘升弦魄」之「弦」

字；五言律詩《益津感舊》中句「書見玄成笥」之「玄」字；七言律詩《懷上海劉明府》中句「清玄聰洽重劉楨」之「玄」字；七言律詩《先公生日悵然悲感（壬辰十月九日）》中句「窗虛蟲結故琴弦」之「弦」字；七言絶句《哭訥藍内子》第二十首中句「書妝親自上琴弦」之「弦」字；七言絶句《哭訥藍内子》第四十二首中句「弦斷鸞膠方可續」之「弦」字；七言絶句《哭訥藍内子》第六十首中句「廣陵却寄朱弦到」之「弦」字皆缺末筆，當爲避清聖祖康熙帝愛新覺羅・玄燁之名諱。而七言古詩《美女篇（乙丑季春有此作，偶簡篋中得舊稿，因録出）》中句「三峽泓源霏玉絜」之「泓」字並未缺末筆。按清代避清高宗乾隆帝愛新覺羅・弘曆諱之規則，或將「弘」字改成「宏」字，或將「弘」字缺末筆。〔九〕可見此抄本誕生之時，乾隆帝尚未登基，所以無需避其名諱。而書中未出現有關清世宗雍正帝愛新覺羅・胤禛名諱之字，所以無法考證此抄本之誕生是否早於雍正時期。不過至少可以縮小清抄本《獨鹿山房詩稿》誕生時間的範圍，即不早於康熙十一年，即馮銓去世之年，不晚於雍正十三年（一七三五）乾隆帝登基時，故此書確切來説應當是清代康熙、雍正時期的抄本。

除正文外，書中還有多處修改批註。存在三種情況：其一，直接在正文中修改，如抄本抄録者將兩字抄反，或將原字抄錯，則隨即進行調換字序或改字，調換字序在原文上加入調序符號，改字或劃去錯字，將正字寫於錯字旁，或在錯字上修改筆畫，而將筆畫清晰之正字重新寫在出錯詩句正上方的天頭處；其二，疑正文中某字句有錯，但未在正文上直接修改，而是在存疑之詩句正上方的天頭處進行批註，如七言古詩《賦得東風已緑瀛洲草》中句「牽惹王孫弄芳草。拾翠豔陽多清空，□耀綺羅金丸飛。遠薄繡轂照清波」上有批註「自芳草以下至清波止疑錯」，但未於原文上進行修改；其三，在天頭上貼紅紙小簽，於簽紙上寫明錯在何處，或當如何修改，亦不在原文上進行修改。從正文和修改的字跡對比來看，正文與第一種情況都是端莊雋秀的楷書，當是抄録者一人所爲；第二種情況的字跡較潦草，第三種情況的字跡或較潦草，或較原文和第一種情況之字爲稚拙，當皆出於他人之手，應該是抄本抄録定稿之後，又輾轉流傳到他人手中，至少經一人批註修改之故，而第二、第三種情況的批註修改文字誕生於何時，則無法確知。

二、馮銓「以詩補史」的詩史創作觀念

中國的詩史觀最晚可追溯到唐代詩聖杜甫。此後，以詩爲史或以詩補史的創作理念一直被關切時事民瘼的詩人們繼承並發揚着，「明清之際是天翻地覆的大時代，劇烈震蕩的社會要求詩歌的寫作能與之交相呼應。『詩史』概念關涉詩歌與時代的關係，遂引起廣泛而深入的討論……在他們激烈討論下，『以詩爲史』的『詩史』説激蕩人心，影響深遠」〔一〇〕。如明末清初的黄宗羲面對當時板蕩之山河，認爲「今之稱杜詩者以爲詩史，亦信然矣。然註杜者，但見以史證詩，未聞以詩補史之闕，雖曰詩史，史固無藉乎詩也。逮夫流極之運，東觀蘭臺但記事功，而天地之所以不毁、名教之所以僅存者，多在亡國之人物，血心流注。朝露同晞，史於是而亡矣。猶幸野制遥傳，苦語難銷，此耿耿者明滅於爛紙昏墨之餘，九原可作，地起泥香，庸詎知史亡而後詩作乎？是故景炎、祥興，《宋史》且不爲之立本紀，非《指南》、集杜，何由知閩、廣之興廢？非水雲之詩，何由知亡國之慘？非白石、晞髪，何由知竺國之雙經？陳宜中之契闊，《心史》亮其苦心；黄東發之野死，寶幢志其處所：可不謂之詩史乎？元之亡也，渡海乞援之

事，見於九靈之詩。而鐵崖之樂府，鶴年、席帽之痛哭，猶然金版之出地也。皆非史之所能盡矣。明室之亡，分國鮫人，紀年鬼窟，較之前代干戈，久無條序：其從亡之士，章皇草澤之民，不無危苦之詞。以余所見者，石齋、次野、介子、霞舟、希聲、蒼水、密之十餘家，無關受命之筆，然故國之鏗爾，不可不謂之史也。」〔一二〕可見詩歌在持詩史觀的作家眼裏，是歷史的補充，擔負着國亡史闕時記録歷史，抒瀉心跡的重要責任。

馮銓雖然在歷史上不以詩聞名，但他也和明末清初那些持詩史創作觀念的士大夫一樣，用詩歌記録着時代的悲劇和百姓的苦難，其中最能代表馮銓詩史觀的詩作就是《紀難十四首》七律組詩。如上表所示，這組詩從崇禎十六年李自成農民起義軍攻占河南始，經崇禎十七年三月十九日起義軍攻破北京，崇禎帝自縊，一直到當年起義軍攻占馮銓家鄉涿州，全家老少起而抗擊，遭到洗劫，進而馮銓於四月十日被起義軍所執入京。全組詩的創作時間首首緊扣，真實地記述了李自成起義軍一路進軍，攻城掠地，而明王朝却被步步蠶食，直至京城淪陷，國祚覆亡，甚至連馮銓的家鄉也遭到了洗劫。給人一種山雨欲來、步步緊逼的壓迫感和危機感。通過對起義軍進攻沿途明軍、官兵犧牲的描寫，亦將壓城之愁雲慘霧展露無遺。爲了更清楚地説明問題，兹將全組詩録於下：

紀難十四首

癸未七月河南事

清渭長河帶華嵩，轘轅伊闕鬱巃嵸。誰教北地滋豺虎，竟使中州絶雁鴻。
御史倒持斬馬劍，將軍潛解射雕弓。年來嘔盡忠臣血，一夜西風萬事空。

癸未八月陝西事

天府金城百二山，何期銅馬度函關。素車妄繫秦王頸，朱芾仍排漢吏班。
渭汭秋聲鳴咽水，終南雲物慘悽顔。可憐自古長安地，千里桑麻付草菅。

甲申正月山西事

秦晉相望阻大河，淮陰尚費未罌過。繭絲已竭邱中力，戎馬何愁水上波。
四野陰風摧敗壘，三關明月照悲歌。山川表裏依然在，鳥散魚驚可奈何。

甲申二月賊陷寧武關大將軍周遇吉死之

不使巖關賊騎通，周家猛將本遼東。焚書已作沉舟計，没羽將成射虎功。
奮臂大呼天爲怒，忘身殉節鬼稱雄。夫妻部曲同時盡，日月雙懸照爾忠。

甲申二月賊至大同巡撫衛景瑗死之

重樓百雉建霓旌，昔日中山壯北征。群盜雖多烏合侶，官軍不乏虎牙兵。

中丞斷舌髯張怒，大帥甘心面縛迎。伯玉曾稱衛君子，至今景瑗復垂名。

甲申三月賊至宣府巡撫朱國壽等死之

宣府鷄田接赤城，輔車唇齒切神京。觀軍虎竹承新旨，大將龍旗空舊名。

蒙面喪心嗟若輩，刳腸斷首嘆書生。姦人爲賊休兵力，來説君皇禪位行。

甲申三月昌平事

重巒萬疊護居庸，鐵壁金城不待攻。邊塞煙塵迷野馬，陵園風雨咽寒松。

衣冠掩泣圖肥遯，弁鞈飛揚慶僞封。千古興亡一回首，北邙原上草蒙茸。

甲申三月十九日事

興衰從古似循環，獨怪危亡頃刻間。天運倏隨長逝水，地維竟絶不周山。

忠貞苦被桁楊死，亂賊欣誇黻綬還。慷慨從容皆不乏，烏號但記寺人攀。

甲申三月二十三日余被難涿事

涿鹿曾傳墨守名，赤眉狠顧未加兵。緣知越石肝腸烈，故使狐泥肘腋生。

曠野麒麟悲道喪，寥空鳳鳥泣孤鳴。杞人久已憂天墜，一片丹心萬死榮。

甲申五月初一日涿人殺賊

囊頭折肋備諸艱，生死存亡只此關。縞素雲凄揮涕淚，旌旂日麗展愁顔。
龍文盡吐連牛氣，鼠輩争教匹馬還。倉海君家饒力士，子房何用棄人間。

追憶甲申二月出師事

晋趙烽烟接帝京，群推綸閣出觀兵。皐門衮冕親臨踐，祖道冠紳盡送行。
長子輿師甘辱國，涓人揖盗早開城。咸陽宫室連天火，萬户傷心恨未平。

賊攻保定不下力竭城陷監視方正化鄉紳張羅彦死之

上谷咽喉勢必争，中山北望此堅城。觀軍剖膽星同耀，光禄開心月共明。
攜手甘爲巡遠死，垂芳何遜甫申生。秋來故老趨祠廟，雲白郎山易水清。

太夫人罵賊甲申四月四日涿州事

四朝綸誥太夫人，高閣長齋禮玉真。石氣可能飛五色，丹心直欲正三辰。
倚閭事異王孫母，恤緯憂兼子叔身。聊借口誅伸義憤，家門禍難未須嗔。

甲申四月十日，群盜既劫余家，又執余入京，將使寇渠李自成親殺以洩其恨也。友人楊玉華、史聯叔、張用徵送余於巨馬河北，涕泗横流，蓋知余必死矣。余慰之曰：有極尋常二語，却極切此事，諸君聞之乎？皆曰：唯。余曰：合乎天理之正，即乎人心之安。諸君何痛焉？

鄒國選言敦取義，尼山垂範貴成仁。時窮更得詩書力，世亂彌彰君父親。
諸子千行悲永訣，孤臣一死獲安身。斷橋流水長堤柳，相送渾如執紼人。

馮銓因明熹宗天啟中閹黨的内部鬥争，「以微忤罷去。莊烈帝既誅忠賢，得銓罷官後壽忠賢百韻詩，論徒仗，贖爲民」〔一二〕，創作此組詩時仍罷官里居，但一直關切時事，並用詩歌記録下那段慘痛的亡國歲月。詩中有對王朝興亡的無限感慨，有對流寇作亂的深惡痛絶，有對捐軀忠烈的熱情褒揚，也有對身處戰亂中之百姓的哀歎同情。可見馮銓即使被罷官在家，面對起義軍的步步緊逼和家國山河被漸漸蠶食，作爲一個從小經受儒家忠孝思想教育成長起來的士大夫，也是渴望保家衛國，奮起抵抗的，即使被執也坦然視之。現存史料對馮銓從被罷官到順治元年被多爾袞徵招復出之間的生活情况皆未予記載，史僅載「順治元年，睿親王既定京師，以書徵銓，銓聞命即至，賚冠服、鞍馬、銀幣」〔一三〕。似乎是馮銓不顧民族大義，主動投降清朝。殊不知馮銓亦曾有一段抗擊李自成起義軍，寧死不與之合作的慷慨之舉，事實也正表明，馮銓雖然投降了清朝，却一直未曾向李自成起義軍投降，以致於其後「給事中龔鼎孳言銓附忠賢作惡，銓亦反詰鼎孳嘗降李自成」〔一四〕，可見馮銓在未降李自成一事上理直氣壯，是有理由的。正史未載此事，而馮銓這組詩正好補正史之闕。

另外，馮銓對李自成起義軍的態度，在組詩中也是一以貫之的，他不僅褒揚了抗擊捐軀的忠臣，而且對畏敵負恩者之醜態也給予了辛辣的諷刺，如在《追憶甲申二月出師事》中，即批判了喪師辱君的李建泰。史載：「加建泰兵部尚書，賜尚方劍，便宜從事。二十六日行遣將禮。駙馬都尉萬煒以特牲告太廟。日將午，帝御正陽門樓，衛士東西列，自午門抵城外，旌旗甲仗甚設。内閣五府六部都察院掌印官及京營文武大臣侍立，鴻臚贊禮，御史糾儀。建泰前致辭。帝獎勞有加，賜之宴。御席居中，諸臣陪侍。酒七行，帝手金卮親酌建泰者三，即以賜之。乃出手敕曰：代朕親征。宴畢，内臣爲披紅簪花，用鼓樂導尚方劍而出。建泰頓首謝，且辭行，帝目送之。行數里，所乘肩輿忽折，衆以爲不祥。建泰以宰輔督師，兵食並絀，所攜止五百人。甫出都，聞曲沃已破，家貲盡没，驚怛而病。日行三十里，士卒多道亡。至定興，城門閉不納。留三日，攻破之，笞其長史。抵保定，賊鋒已逼，不敢前，入屯城中。已而城陷，知府何復、鄉官張羅彦等並死之。建泰自刎不殊，爲賊將劉方亮所執，送賊所。」〔一五〕而就在下一首《賊攻保定不下力竭城陷監視方正化鄉紳張羅彦死之》詩中，馮銓通過與李建泰的對比，對英勇戰死的張羅彦等人進行了歌頌。當然，李建泰曾名列東林黨籍，馮銓對其批判是否夾雜着黨争情緒，是可以討論的。另外如五言古詩《甲戌紀事》「築垣非不高，所賴戰骨撑。鑿池非不深，所賴戰血盈。戰骨今何脆，流血空縱横」之句，憂國愍民之情溢於言表，最後融合對明廷失敗的軍事策略之抨擊與對百姓命運之憂慮於一體，痛言「慎密緘樞機，勿令泯庶驚」。凡此種種，馮銓無不融悲憤憂慮之情於述史之中，繼承並堅持着以詩補史，以詩證史的詩史觀。

三、馮銓詩作中的交遊情况及新發現

馮銓「以詩補史」的詩史創作觀念不僅很好地繼承並融入了明末清初的詩史傳統

與創作洪流之中，而且在有意無意之間留下了許多珍貴的歷史信息，讓人們得以深入馮銓的生活，以便更好地對其進行解讀與還原。馮銓是明末清初的重要歷史人物，這些保留在他詩作中的信息，無疑是珍貴的一手材料，無論對馮銓個人，還是馮銓所處的時代背景來説，皆可補史料之闕。

（一）唱和詩與崇禎中馮銓的政治交遊活動

現存史料對馮銓的記述，大多集中在天啟年間魏忠賢專政時期，以及明亡後清軍入關，被多爾衮啟用之後。而中間的崇禎年間，史料中有關馮銓的記載寥寥，由於他被罷官在家，所以也就漸漸淡出了史家的視野。但《獨鹿山房詩稿》恰能補充馮銓在這段時間内的行跡。除了上節中所述抗擊李自成起義軍諸事之外，馮銓作爲明末清初閹黨重要成員和文人，在這段時期内的交遊活動，亦頗具補史之價值。而這部分信息，主要集中在詩稿中的唱和詩裏。以下即列表以示馮銓在這一階段内的唱和交遊情況：[一六]

唱和詩題	交遊時間	交遊人物
送潘黄門祭告淮府	天啟六年至崇禎四年	潘黄門[一七]
柬楊景垣太醫	天啟六年至崇禎四年	楊景垣
和阮集之百子山見寄之作（二首）	崇禎四年至崇禎五年	阮大鋮[一八]
送王子雲南歸	崇禎五年至崇禎七年	王子雲
寄贈潘亦式黄門（甲戌五月晦）	崇禎七年	潘亦式
小池泛舟同劉樂予史我肅諸友（乙亥秋八月）	崇禎八年	劉樂予、史我肅
茂之涉山有咏率爾言和（丁丑五月十三日）	崇禎十年	沈宏之[一九]
中和峪英國賜山（己卯夏日）	崇禎十二年	張之極[二〇]
至大龍門共陳子忠夜坐	崇禎崇禎十五年至崇禎十六年	陳子忠
大龍門樓臺同高元戎張參戎陳都閫小酌	崇禎崇禎十五年至崇禎十六年	高元戎、張參戎、陳都閫

續表

唱和詩題	交遊時間	交遊人物
謝周挹齋寄茶（七月三日）	崇禎二年至崇禎五年	周延儒〔二一〕
答涿二守周肖川先生	崇禎五年至崇禎十五年	周肖川
贈汪文仲四旬初度步挹齋韻	崇禎五年至崇禎十六年	汪文仲、周延儒

從上表中可以看到，馮銓在罷官里居期間，主要交遊活動的地點還是京畿地區，由於家鄉涿州離京城很近，所以家居的馮銓一直没有與京城裏的人物中斷聯繫。如宫中宦官潘黄門、英國公張之極、太醫楊景垣以及駐守京畿地區關隘的武將們，其中最引人注意的就是和周延儒與阮大鋮的交遊。馮銓與周延儒是萬曆四十一年癸丑科同榜進士，周延儒爲狀元，馮銓位列三甲第一百一十四名，〔二二〕後經館選，馮銓與周延儒同入翰林院，史載周延儒「與同年生馮銓友善」〔二三〕。在《獨鹿山房詩稿》中，除了上表所列兩首與周延儒有關的唱和詩之外，還有五言與七言律詩《送周玉繩歸娶》各一首，應當是作於兩人剛中進士不久後。而從表中所列兩首詩的創作時間來看，再結合馮銓在罷

官里居期間大多生活在京畿地區等因素，可以推斷此時的周延儒應當亦在京城，所以二人唱和交遊比較便利。

周延儒於崇禎年間曾兩度在京城爲官，並長期擔任内閣首輔。第一次是從「莊烈帝即位，召爲禮部右侍郎」[二四]開始，經過崇禎三年（一六三〇）九月「延儒遂爲首輔。尋加少保，改武英殿」[二五]，一直到「六年（一六三三）六月引疾乞歸」[二六]。第二次是「十四年（一六四一）二月詔起延儒。九月至京，復爲首輔」[二七]，一直到崇禎十六年「冬十二月，昌時棄市，命勒延儒自盡，籍其家」[二八]。則表中所列《謝周挹齋寄茶（七月三日）》正好作於周延儒第一次出任内閣首輔期間，而《贈汪文仲四旬初度步挹齋韻》或作於周延儒第二次出任内閣首輔期間，創作時間當在崇禎十五年或稍早時。原因如下：在五言律詩中有《至大龍門共陳子忠夜坐》與《大龍門樓臺同高元戎張參戎陳都閫小酌》二首；在七言律詩中有《大龍門（八月四日）》與《大龍門樓臺（從山海至大龍門樓臺凡八百座，有名記）》二首。可知這兩組四首詩主題相通，當是馮銓同一次登臨大龍門樓臺時所作。而五律《至大龍門共陳子忠夜坐》前一首有確切紀年的詩是五律《柳津莊（壬午七月廿六日）》，即崇禎十五年；而七律《大龍門樓臺（從山海至大龍門樓臺凡八百座，有名記）》後一首有確切紀年的詩是七律《癸未七月河南事》，即崇禎十六年。所以這四首詩的創作時間可以定位在崇禎十五年和十六年之間。而七律《贈汪文仲四旬初度步挹齋韻》與《大龍門（八月四日）》之間只隔了一首《佛洞塔（三月三日）》，而《佛洞塔（三月三日）》與《大龍門（八月四日）》當創作於同一年，因此稍前的《贈汪文仲四旬初度步挹齋韻》之創作時間當亦相隔不遠。再從馮銓所步周延儒之韻來看，當爲文人日常相聚的唱和詩，而馮銓在罷官期間大多里居於京畿地區的家鄉，所以若要進行文人之間的日常唱和交遊活動，周延儒當亦在京城爲便，由此推斷馮銓的《贈汪文仲四旬初度步挹齋韻》即作於周延儒第二次入京擔任內閣首輔期間。

而事實上，馮銓對周延儒政治上的影響是一直存在的，如崇禎二年南京給事中錢允鯨在彈劾周延儒的奏疏中曾表示過憂慮：「延儒與馮銓密契，延儒柄政，必爲逆黨翻局。」〔二九〕而周延儒的確與閹黨的關係頗爲曖昧，如崇禎元年（一六二八）「溫體仁訐謙益，延儒助之。帝遂發怒，黜謙益」〔三〇〕，導致東林黨人錢謙益入閣無望。當周延儒謀求第二次入京擔任內閣首輔之際，「馮銓復助爲謀」〔三一〕。雖然馮銓與周延儒的唱和詩中並未言及黨爭政治，但兩首詩都作於周延儒在京擔任內閣首輔期間，至少證明馮銓雖然被罷官里居，却依然與當朝首輔保持着一定的交往關係。馮周二人早年就有着不錯的交誼，但此時的交往唱和，即使馮銓没有借周延儒以東山再起之念，單就協助周延儒復出一事，難免引起政敵們的懷疑與警覺。同時亦可證明里居期間的馮銓還是不忘與朝局發生關係的。

除了周延儒之外，阮大鋮與馮銓的交遊唱和亦頗引人注意。在《獨鹿山房詩稿》中，馮阮二人的唱和詩除了《和阮集之百子山見寄之作（二首）》之外，還有一首五律《張房村遇雨展讀阮光禄詠懷堂詩》，而這首詩僅能表示馮銓推崇阮大鋮的作品（如詩末尾有句「不展驚人句，難消萬斛愁」），並非二人交遊唱和之作。可在阮大鋮的《詠懷堂詩集》中，可以看到多首與馮銓的交遊唱和詩，有《詠懷堂詩外集》中的《宴鹿庵相國西郊桴居》六首、《詠懷堂丙子詩》中的《遊仙詩寄鹿庵相國》二首、《詠懷堂辛巳詩》中的《柬鹿庵相國》二首。至於這些詩的創作時間，則《宴鹿庵相國西郊桴居》第三首中有「浩劫塵沙外，同時魚鳥親」〔三二〕之句，可知是創作於黨争失敗被罷官之後，按阮大鋮於「明年（崇禎二年，一六二九）定逆案，論贖徒爲民，終莊烈帝世，廢斥十七年」〔三三〕，此詩當作於崇禎二年之後，而《詠懷堂詩集外集》的刊刻時間爲崇禎八年〔三四〕，可知《宴鹿庵相國西郊桴居》六首作於崇禎二年至八年馮阮二人皆被罷官期間。而《詠懷堂丙子詩》中《遊仙詩寄鹿庵相國》二首與《詠懷堂辛巳詩》中《柬鹿庵相國》二首，則明顯作於崇禎九年（一六三六）與崇禎十四年。因此馮阮二人的唱和交遊詩皆作於同被罷官期間，而阮大鋮在罷官期間依然尊稱馮銓爲相國〔三五〕，不僅可以説明馮阮二人關係較密，且有着同黨之間互相肯定的情感因素。

雖然在馮阮的唱和交遊詩中没有明顯表露黨争情緒的詩句，但這些詩大多寄託着閑雲野鶴般渴望歸隱林泉、親近自然的情緒，甚至還有着嚮往佛道世界的詩句，如阮大鋮的《遊仙詩寄鹿庵相國》二首即是實證。實則也從一個側面反映出黨争留在他們心中的烙印，晚明的黨争導致朝政日非，而捲入黨争並遭遇失敗了的士大夫們隨着仕途與自我理想的幻滅，他們詩文創作的焦點，從國家社會轉向了自我的内心，開始關注自然與生命個體之間的感應，嚮往超然物外的隱居生活。這種創作傾向漸趨抒發自我性靈的詩人們「大量詠贊佛道思想，高談學佛學道的心得體會，以至形成一種時代風尚」〔三六〕，其實這種浪漫主義創作風尚的背後，充滿着黨争環境下士大夫們的無奈與自我排遣。同時，還有着同一黨争陣營成員之間的相互認可，如馮銓在《和阮集之百子山見寄之作》其二中就有「朝有批鱗疏，家多擁鼻吟。書來明月夜，夢到白雲岑」。著作千秋富，高名世所欽」之句。其中的「批鱗疏」即是指崇禎帝剛即位時阮大鋮所上的一道奏疏，史載「忠賢既誅，大鋮函兩疏馳示維垣。其一專劾崔、魏。其一以七年合算爲言，謂天啟四年以後，亂政者忠賢，而翼以呈秀，四年以前，亂政者王安，而翼以東林」[三七]。結果楊維垣上了「合算之疏」，導致崇禎初東林黨重新掌權後，認爲閹党阮大鋮以上疏爲政治投機之法，且語悖東林，導致被降罪罷官。若不考慮阮大鋮本人的黨争立場問題，單看他上疏的内容，還是有一定道理的。而在同黨馮銓眼中，阮大鋮的奏疏則完全是觸怒了當權者的「逆鱗」之舉，一反世人對阮大鋮的負面評價，不但認可了他的著作，也讚美了他的名望。雖然其中不可避免地會有同黨相援相憐的情感因素，但至少可以看出兩人即使在罷官期間也保持着較好的交誼。這些唱和交遊詩，亦證明里居期間的馮銓依然與同黨進行着交往，可補史料之闕。

（二）悼妻組詩與馮銓滿妻納喇氏之證

馮銓詩作的一個重要特點，就是情感較爲深沉真摯。除上述憫同道、憂家國的詩作外，最能表達他深摯情感的就是悼念亡妻的七言絶句組詩《哭訥藍内子》，共有詩七十九首。另外還有七言律詩《爲滿洲内子卜葬（己酉春）》一首，同爲悼念亡妻之作，因此馮銓悼妻體裁的詩作，在《獨鹿山房詩稿》中多達八十首，占全書詩作數量的百分之三十。雖不排除滿妻乃皇帝賜婚，格外受到馮銓重視之緣故，但能在詩集中寫下那麽多悼念亡妻的詩作，亦足見馮銓對這位滿族妻子的情深意切。如在組詩中回憶兩人婚後琴瑟和諧的幸福生活，點點滴滴，並娓娓道來：

禮度從容閨閣宜，温恭儒雅女中師。每當對月臨風地，深憶齊眉舉案時。

芰荷池畔同攜酒，蘭蕙窗前對弈棋。二十四年明月夜，一番思憶一番悲。

進而由回憶轉向愛妻已逝，知音難在的空悲，甚至痛不欲生：

松下濤聲隨玉指，溪山秋月入金徽。伯牙先別鍾期去，流水高山空落暉。

月色徘徊知有恨，春光惱亂欲無生。聽猿已下三聲淚，悲風還牽萬古情。

當然，這組詩的價值尚不止於説明馮銓情感真摯的詩風，更重要的在於可補史料記載之闕。史料中有關馮銓娶滿妻之事，僅有「况叨承寵命，賜婚滿洲，理當附籍滿洲編氓之末」[三八]之記載，至於更多有關馮銓滿妻的情况，則史記闕如。清代前期滿漢通婚有着嚴格的規定，而馮銓由於在清朝入主中原後率先迎降，並且對清初朝廷完善典章制度和招攬漢族人才頗有功績，因此被破格賜予滿婚，本人亦被編入旗籍，以示清廷對功臣的重視與恩寵。馮銓對朝廷賜予的這份殊榮，也是感恩戴德，在組詩中有着多次表露，如：

鳳閣鸞臺特賜婚，齊姜宋子出高門。宜家不辱君王命，屬纊猶懷夫壻恩。
九重賜配天恩重，百歲偕歡海誓深。俯仰追尋無報處，惟餘皎日照丹心。

那麼，這位出自「高門」的滿妻是何時被賜婚嫁給馮銓，並且其真實的身份和家世究竟如何，組詩中給出了一定的綫索。其中一首有句「芳年十四美雲環，愧我當時鬢欲斑」，可知此滿妻嫁給馮銓時爲十四歲，與馮銓的年齡相差較大。馮銓與滿妻的婚後生活，除上列詩中句「二十四年明月夜，一番思憶一番悲」外，另一首中亦有句「二十四年渾是夢，而今仍在杳冥中」，可知二人婚後共同度過了二十四年，而在《爲滿洲内子卜葬（己酉春）》一詩中可知，馮銓滿妻去世的時間當在康熙八年春或稍早。綜上所述，可以推斷，馮銓這位滿妻享年三十八歲，若按卒於清聖祖康熙八年（一六六九）推算，則生於明思宗崇禎五年（一六三二），於清世祖順治二年（一六四五）被賜婚給馮銓。馮銓生於明神宗萬曆二十三年（一五九五），比滿妻年長三十七歲，他們結婚之時，馮銓已年届五旬，因此自稱「鬢欲斑」。

至於這位滿妻的身份，馮銓在詩題中稱之爲「訥藍内子」，在《獨鹿山房詩稿》以外的文獻中，皆未見有關馮銓滿妻姓氏的記載。查《八旗滿洲氏族通譜》，未見有「訥藍氏」者，恐爲音譯訛傳所至，而音近「訥藍」者，在《八旗滿洲氏族通譜》中有納喇氏、訥勒氏、納賴氏和納喇氏，其中前一個納喇氏屬滿族，而後一個納喇氏屬蒙古族，下面略作簡介，按《八旗滿洲氏族通譜》載：

納喇氏（滿洲）：納喇氏爲滿洲著姓，其氏族散處於葉赫、烏喇、哈達、輝發及

各地方，雖系一姓，各自爲族。[三九]

訥勒氏：訥勒爲滿洲一姓，此一姓世居黑龍江地方。[四〇]

納賴氏：納賴系隸滿洲旗分之蒙古一姓，其氏族世居吴喇忒地方。[四一]

納喇氏（蒙古）：納喇系隸滿洲旗分之蒙古一姓，其氏族世居阿霸垓，及科爾沁地方。[四二]

已知馮銓之妻爲滿洲人，故可將蒙古納賴氏與納喇氏的可能性排除。又據馮銓詩中「齊姜宋子出高門」句可知，這位滿妻的出身應當比較高貴，而訥勒氏僅爲滿洲一小姓，尚稱不上「高門」，而堪稱「高門」者，唯滿洲納喇氏，亦譯作納蘭氏或那拉氏，是滿洲八大著姓[四三]之一，人才輩出。又馮銓在組詩中有一首回憶道：

當年二豎苦相侵，賴爾周旋幸再生。裹藥戴星朝帝闕，雙親正自望卿卿。

這裹的「二豎」[四四]即指「疾病」，從後句中「裹藥」一詞亦可得證。馮銓在詩中追憶了亡妻爲自己求醫問藥，幸而使自己轉危爲安的歷程，表露了對亡妻之眷眷深情。同時，從「朝帝闕」一詞中可以看出，馮銓滿妻作爲一個官員的妻子，有能力接近宫廷，甚至向當時的皇室求討良藥，替丈夫治病救命，可見這位滿妻的家世背景非同一般，若非高門之女，恐難以做到。因此馮銓滿妻出身滿洲著姓納喇氏，當屬無疑。至於馮銓這位出生著姓納喇氏的滿妻，究竟來自納喇氏的哪個具體部族，或是清初哪位朝廷公卿大臣的親屬，由於當時婦女社會地位比較低下，難入族譜，因而未得確考。但從詩稿中可證馮銓滿妻的生卒年及姓氏背景，亦足可補史料之闕。

四、小結

馮銓等晚明閹党成員，由於受到傳統史學觀與倫理道德觀的影響，往往被歷代研究者們所忽視，甚至鄙棄。他們的著作，連同有關他們的史料記載，大多被歷史的塵沙所覆蓋，而真相也正在這層層覆蓋之下，越來越離我們遠去。閹黨中的確有不少奸佞小人，但閹党的本質依然是晚明黨争中的一派士大夫集團，其中當有不少值得研究的人物和著作，孔雀雖有毒，不能掩文章，何况閹党中的許多成員，其傳統道德定位在今天亟需被重新審視。而要進行重新審視，就需要有材料作爲支撑，現存史料由於受到傳統史學觀的篩選和修改，較難再有進一步的發現，而這些閹党成員留存下來的個人著作，直接反映着他們的情感思想，顯示着他們的人生軌跡，就成了可資研究的珍貴資料。他們的著作，往往留存不多，傳播不廣，有的甚至被有意毁棄，因此對它們的發現與研究，就顯得尤爲迫切而富有價值。希望對孤本《獨鹿山房詩稿》的發現與研究，能引起學界對閹党成員著作文本的進一步重視和挖掘，讓歷史的塵沙漸漸被拂去。

中國計量大學講師　黄成蔚

二〇一九年九月二十三日改定於杭州市浙江大學西溪校區

（特此説明：此文已發表於《古籍研究》期刊，在此作爲本書代前言）

注釋

〔一〕本文籍貫皆用明清時地名，如河北省在明代即爲北直隸。

〔二〕（明）韓熿：《欽定逆案》，清代《明季野史彙編》本，卷一。

〔三〕（民國）趙爾巽等：《清史稿》，北京：中華書局，一九七七年，第九六三一頁。

〔四〕《清史稿》，第九六三一頁。

〔五〕内子：即古代文人士大夫對妻子的尊稱。

〔六〕原詩題下注文現皆列於詩題後的括弧内。

〔七〕《虚窗》一詩，雖詩題下注「六月六日」未標明年份，但此詩上一首即爲《雨夜有懷》，詩題下注「順治辛卯六月四日」；而下一首即爲《君翰圍碁》，詩題下注「辛卯七月」。按《獨鹿山房詩稿》中詩作大體皆按創作時間順序排列之原則推斷，《虚窗》的創作時間「六月六日」當亦在順治辛卯，即順治八年（一六五一）。

〔八〕這組七言律詩共七首，皆寫於順治四年夏季，由於其中第二首《其二同玉孺及於衮甥壻增美諸甥男子湛家侄》與第七首《其七》未於詩題下注明確切年月，故未列入表中，但按組詩創作時間推斷，當亦作于順治四年五六月間。

〔九〕王彦坤：《歷代避諱字彙典》，鄭州：中州古籍出版社，一九九七年，第一六〇至一六一頁。

〔一〇〕張暉：《中國「詩史」傳統》，北京：生活·讀書·新知三聯書店，二〇一二年，第一六四頁。

〔一一〕（清）黄宗羲：《黄宗羲全集》，杭州：浙江古籍出版社，二〇〇五年，第十册，第四九至五〇頁。

〔一二〕《清史稿》，第九六三〇頁。

〔一三〕《清史稿》，第九六三一页。

〔一四〕《清史稿》，第九六三一页。

〔一五〕（清）張廷玉等：《明史》，北京：中華書局，一九七四年，第六五五〇页。

〔一六〕爲保證詩歌創作時間確在明熹宗天啟六年馮銓被罷官至清世祖順治元年被重新啟用之間，因而只選取時間範圍確切可證之詩，如其前一首和後一首詩都可確定時間在此範圍之内者才予選入，缺一則不選。因《獨鹿山房詩稿》中詩作編年有序，用此方法可保無誤。其中人物或以字號大小稱之，或以官職稱之，凡能考得真名者，皆將真名列入「交遊人物」一欄中；不可考者，則依詩題中稱謂列入。

〔一七〕此潘黄門疑與後詩《寄贈潘亦式黄門（甲戌五月晦）》中的潘亦式爲同一人，然真名不可考。

〔一八〕阮大鋮，字集之，號圓海，萬曆四十四年（一六一六）進士，曾因依附魏忠賢閹黨，崇禎帝即位後被罷官，直至南明弘光中復出爲兵部尚書，後降清。

〔一九〕因「五言古詩」中有《樓桑送沈茂之》一詩，故此詩中「茂之」應爲沈茂之。即沈宏之，字茂之，曾爲馮銓幕賓。

〔二〇〕崇禎十二年在位的英國公，即第八代英國公張之極。

〔二一〕周延儒，字玉繩，號挹齋。與馮銓同爲萬曆四十一年（一六一三）進士，狀元及第，崇禎中曾官至内閣首輔，後於崇禎十六年因貽誤軍機被賜死。

〔二二〕朱保炯、謝沛霖：《明清進士題名碑録索引》，上海：上海古籍出版社，二〇〇六年，第二五九〇至二五九一頁。

〔二三〕《明史》，第七九二六頁。

〔二四〕《明史》，第七九二六頁。
〔二五〕《明史》，第七九二七頁。
〔二六〕《明史》，第七九二八頁。
〔二七〕《明史》，第七九二八頁。
〔二八〕《明史》，第七九三一頁。
〔二九〕《明史》，第七九二六頁。
〔三〇〕《明史》，第七九二六頁。
〔三一〕《明史》，第七九二八頁。
〔三二〕（明）阮大鋮：《詠懷堂詩集》，合肥：黄山書社，二〇〇六年，第二三〇頁。
〔三三〕《明史》，第七九三八頁。
〔三四〕胡金望：《人生喜劇與喜劇人生——阮大鋮研究》，北京：中國社會科學出版社，二〇〇四年，第一二四頁中考《詠懷堂詩集外集》之刻印時間説：「首有《自述》，與《詠懷堂詩集》四卷同，當系同時所刻。」而《詠懷堂詩集》乃明崇禎八年刻本，由此可推斷，《詠懷堂詩集》與《外集》中的詩作，創作時間當不會晚於崇禎八年。

〔三五〕《清史稿》，第九六三〇頁中載：「諂事魏忠賢，累遷文淵閣大學士兼户部尚書，加少保兼太子太保。」明代自太祖洪武初年廢除宰相制度之後，則尊稱内閣大學士爲相。

〔三六〕廖可斌：《明代文學思潮史》，北京：人民文學出版社，二〇一六年，第四九六頁。

〔三七〕《明史》，第七九三七至七九三八頁。

〔三八〕《清史稿》，第九六三二頁。

〔三九〕（清）愛新覺羅・弘晝等：《八旗滿洲氏族通譜》，瀋陽：遼海出版社，二〇〇二年，第二八〇頁。

〔四〇〕《八旗滿洲氏族通譜》，第七〇八頁。

〔四一〕《八旗滿洲氏族通譜》，第七六一頁。

〔四二〕《八旗滿洲氏族通譜》，第七六四頁。

〔四三〕滿洲八大著姓爲：佟佳氏、瓜爾佳氏、馬佳氏、索綽羅氏、赫舍里氏、富察氏、那拉氏與鈕祜禄氏。

〔四四〕按《左傳·成公十年》載：「公夢疾爲二豎子，曰：『彼，良醫也，懼傷我，焉逃之？』其一曰：『居肓之上，膏之下，若我何？』醫至，曰：『疾不可爲也，在肓之上，膏之下，攻之不可，達之不及，藥不至焉，不可爲也。』」後以「二豎」即爲疾病之代稱。楊伯峻：《春秋左傳注》，北京：中華書局，一九八一年，第八四九至八五〇頁。

目録

附録……六三

獨鹿山房詩稿

□□山房詩稿

馮銓鹿菴甫著

□□□□□□□□也我友竇子有事于潁將和其□□□□□□□□共其職焉

□□□□，□□□□。□□□命，君子攸行。有斐君子，藹藹吉人，執義有恪。淵哉瑰器，世濟其德。克祇克仁，惟君子之宅。偉業其興，積學之功。

德業茂矣，達于家邦。登是譽髦，夙夜在公。斯綱斯紀，靡懈于厥，躬服寀勤，劬以作爾庸。

寧山崢嶸，召伯所營。儲峙如京，以賦踐更。南有中江，萃其廣舶。貨只瑟瑟，秉心肅肅。

神皋有奕，六師爰處。秔稻億秭，來從揚楚。敬乃簡書，漕於河渚。雲帆斯集，歡盈朝宁。

塗山之域，跨于三州，兼徐揚豫，東南上游。簡爾哲人，爰輯我烝民，詰我戎兵，式控其衡。

攝提既貞，卜日維吉。之子于征，乘牡蹻蹻，軒車彭彭。之子之德，于宣于翰，敷政其平。

敷政有穀，清是南服。謹爾侯度，以介景福。薄言晤之，其儀孔穆。薄言贈之，其音孔淑。

天有七章

天有嘉孝子也。華亭沈氏，敦孝相承，至于子如，生能致養，没能致哀，昏定晨省，朝乾夕惕，不惰其身。爰作編年考，以自勖而勖世焉。故嘉之也。

天有顯道，維孝得常。好是懿德，迺播芬芳。昭於明堂，吹笙鼓簧。邱園有賁，百行其綱。

九峰崒嵂，毓厥士維吉，毓厥女維穀。士曰完微，克砥其質；女曰蘇媛，克宜其室。

克宜其室，交敬如賓。有嗣孝永，篤愛敦仁。母節如筠，子荷其薪，嘉範式于彝倫。

瞻彼秀林，偉木千尋。言陟其岑，玉美維琳，寶美維琛。仙岫嶇嵚，蘊德孔深。

泖湖有沚，幽人爰止，言遵其涘。種德維橋，承休維梓。清徽纚纚，施於孫子。

孫子伊何，克繩其武。適乃父祖，則篤于厥。姥斯養斯，哀維恃維怙。誰云荼苦，

翼子如成家之祜。

匪晨匪昏，孝思胡愜。匪乾匪惕，曷崇大業。編年是牒，以勖勤來葉。

五言古詩

泛舟城西

端居積幽憂，出門復多滯。寄骸天壤間，飄蓬何所繫。茫茫太始初，形氣混澎湃。血鬭開鴻濛，飛潛各乘勢。子弓南面才，仲尼德應帝。窮愁空著書，饔飧時不繼。所貴吾道存，盛衰安足計。附郭美亭皋，林樹儼虧蔽。化爲丘與墳，凄凉不可憩。去去登孤舟，開尊雪長涕。縱棹歌滄浪，遐思杳無際。鴻鵠方遼翔，亦意從此逝。

雨後胡梁別業

戎車伺天色，莫窺風雨心。毅然出門去，雲脚收遥岑。群澮奔廣壑，紋波發蹄涔。褰裳涉清淺，方舟濟其深。水中草堂静，百泉鳴素琴。亭皋聊容與，酌醴滌煩襟。憶昔學嘉隱，巖壑恣登臨。奈何從遠遊，栖遲乖所歆。海田遞迴換，長空時曀霒。物態殊朝夕，幻或難其任。愛此寂寞居，不納寒燠侵。昔儲鯤鰣種，鱗鬣成黄金。手植拱把材，干霄鬱喬林。觸目盡如此，華髮宜輕簪。日暮勿返棹，北山盟欲尋。相對不極歡，後人方視今。

夜坐同卜子寧沈小休

人愛冬夜長，我愛夏夜凉。雨餘昇弦魄，皎皎澄輝光。物外三二子，蕩懷命清觴。結搆遠人境，浩志凌蒼蒼。飡霞絶腥羶，桂醑浮芬香。栖禽驚嘯歌，流景窺洞房。談諧既云適，屬和同琳瑯。世路悲險巇，雲衢坦以康。勉旃各崇廣，玆會無相忘。

聽說龍舟競渡

桃葉住江干，瀕江花事美。孟夏凱風清，龍舟下江水。車騎流飛雲，旌旄交灑灑。蕩子逞結束，纈文紛繡綺。良時忽已届，江皋沸城市。引領使君來，賈勇各前死。嚴鼓開朱旂，五龍奔激矢。讙呼霹靂驚，得標心自喜。勝負何喧闐，旁觀多可憐。油幢引香霧，紈縠相新鮮。含嬌怯語笑，顧影時蹁躚。綵絲灼皓腕，雜佩委晴川。使君竊流眄，美人駕言旋。日暮張華燈，蒲觴列四筵。雲和間清商，遥響隨風還。人壽非金石，行樂宜及年。

送卜子寧歸長洲

處處干戈急，子抱鉛毫泣。家家犬豹韜，子腹仍風騷。塘蛙競癡怒，雲鴻抗孤高。幽蘭芳深巖，康衢羅蓬蒿。悠悠齷齪流，何足知人豪。長安富朱門，飛閣横烟霄。峨冠夾長袖，歌管方嘈嘈。恥爲席上賓，寒燈發清宵。清宵淚不竭，太息荆珍刖。燕市多悲風，江南有明月。交道勿復陳，情惟兒女真。

樓桑送沈茂之

吾道虞摇落，君心堪死生。言貞霜雪操，共恥英雄名。風雨多晝晦，鬼神時夜驚。詩盟牛耳重，征客馬蹄輕。却使思鄉淚，全爲離别傾。

其　二

秋水净如練，野雲紅似燒。青山緲千里，白髮生一朝。問路風霜遠，分愁肌骨消。去攜燕市筑，歸見海門潮。忍使樓桑社，吟魂久寂寥。

甲戌紀事

築垣非不高，所賴戰骨撑。鑿池非不深，所賴戰血盈。戰骨今何脆，流血空縱横。

穹廬月華滿，角弓鳴錚錚。千里無留步，百里無交兵。西風摧大旂，蜎縮徒嬰城。門闔璧云固，人亡野已清。丁男狐兔盡，女弱羊豕行。慘淚傾急雨，痛號殷雷轟。書奏司馬門，天子召公卿。啟齒仍囁嚅，愓息交屏營。勝筭惟薪粟，努力謀王京。揚羮冀停沸，塞耳聊取鈴。慎密緘樞機，勿令氓庶驚。

冬　夜　乙亥十二月二十六日。

市朝窮日力，山林多夜憂。元元觸深哀，周身非所謀。潢澤狗鼠嘯，轅闠讙貔貅。當年襁褓兒，母慈依噢咻。一朝失乳哺，詬誶興戈矛。腦髓浹衽席，白骨成高丘。長河赤冰結，故是慈母血。視此摧心肝，念之腸寸絶。飧餌苟療飢，坐見五兵輟。吁嗟葵藿人，仰天空淚竭。

夏日集徐望仁荷軒　有小序。順治庚寅六月。

御史大夫徐公向在鄖陽三年，扞圉難，貞茹苦，全節歸朝，卑睢陽之胥淪，陋墨翟之九拒。固已崢嶸往昔，彪炳來兹。近於公餘搆軒水次，北瞻雉堞，南倚河壖，都人所稱中響閘，斯其處也。臨觴興感，率爾賦云。

岸柳鬱可望，激湍清入耳。開軒俯碧流，舉觴酌君子。筵香動芰荷，網收得魴鯉。行雲梁棟間，斜暉窗牖裏。談言方諧適，憬及興衰理。往迹何足論，盡隨東去水。吾聞風雨晨，鷄鳴獨不已。鄖國彈丸孤，豺狼蝟毛起。我君得民和，三年共生死。全節歸興朝，令名燁青史。安危在出令，存亡惟所倚。噫昔斗筲人，焉知天下士。

出都門別范斗欽丁鎮九 辛卯五月二日。

春明離別地，千年淚不收。僕夫立踟躕，征馬嘶回頭。我本蕭散人，感此聊淹留。元黄乃鏡像，古今誠海漚。人生處其間，糞壤旋蜉蝣。斗欽慷慨士，行藏類故侯。鎮九人中英，高名滿南州。親戚聯骨肉，道義殷綢繆。春芳共高閣，秋水同孤舟。契闊積歲時，頻經歡與愁。升沉自元運，榮瘁非人謀。緊余秉微尚，雅志懷丹丘。每絶長源粒，恒披林類裘。冥鴻與鷄鶩，由來豈侶儔。鎦塵染素衣，中心良悔尤。此行適所欣，況慰倚閭憂。願言廓元覽，相期物外遊。野寺日將晏，遥峰青未休。且罄手中觶，勿爲涕泗流。

觀串戲即席偶成

優孟幻爲人，人復幻優孟。真贋遞紛紜，是非莫能正。面目粉墨施，結束衣衫靚。妍媸乖本形，周旋謬恭敬。美人感芳華，志士嗟時令。良緣暫邂逅，佳期阻媒娉。懷慕追音徽，沉吟發歌咏。高調飛鳥停，幽韻潛魚泳。子情傷别離，臣誼敦諫諍。悽切近篤誠，忠孝如至性。落魄每牢騷，得志驟欣慶。詼諧共解頤，顧盻資笑柄。中有狰獰者，言動模梟獍。集羶等蟻附，得骨同犬競。一朝假虎威，驕矜氣殊横。不堪白晝觀，惟宜紅燭映。變態屢更端，翻覆仍未竟。但看勿驚疑，此道今方盛。

哭楊毓華文學

壬辰五月十四日。

白日有返照，逝水或迴瀾。萬物何芻狗，斯人無永延。吾友毓華子，令族承名賢。既葆枕中秘，恒躭亭上元。雖無五秉禄，道腴爲菑田。雖艱一命榮，欣臻耆耋年。桑化適委順，胡爲兒女憐。結交亦有因，關情亦有緣。回首乾坤變，傷心朝市遷。豺豕方磨牙，刳忠如刈菅。臣節我自敦，友誼君所先。送我水之湄，撫膺指蒼天。生人作死别，相期在黄泉。忽忽將十載，幾度同花前。人生如遠行，誰比金石堅。荒草晞朝露，枯楊凄晚烟。衣衾持贈君，能禁涕泗漣。

有感

朝爲闢輿蓋，搆此衆紛紜。時物勤舒慘，運會劇蒙屯。騁力還相賊，蓄智各謀身。爪牙互攫啖，梟獍忍君親。斯人萬物靈，應殊鳥獸群。羲農方立教，堯舜已憂民。矧遭三季後，誰復別澆淳。嗟哉闕里子，皇皇勞問津。

冬霽

冬雨何連綿，踈林浄寒葉。烏鵲噪庭柯，忽霽霜空月。對此萬古光，喟然長太息。事往不可追，憂來復何益。親戚幸有存，且較尊前弈。枰局既縱橫，蔬肴亦紛列。雖博語談歡，詎解衷腸結。吁嗟已矣乎，浩歌迄明發。

七言古詩

賦得東風已緑瀛洲草

上林苑囿絡晴川，方丈蓬萊忽接連。别有方池亘百里，海中髣髴瀛洲似。瀛洲膴膴皋原膩，皇都先得陽和氣。遂有封姨習習來，新蕪嫩芷争穿地。紅樓紫殿鬱層霄，彌望芊芊緑正嬌。一片鋪開成罽蓐，總繇春色滿春郊。春風粧點韶光好，牽惹王孫弄芳草。〔二〕拾翠艷陽多晴空，□耀綺羅金丸飛。遠薄繡轂照青波，東皇不禁榮華吐，淡淡濃濃憑織組。桃岸葳蕤秀碧蕾，柳堤摇颺拖青縷。柳青桃碧映蒙茸，平楚仙姿鬬野容。啼鶯舞蝶助春工，人行輦路醉春風。

〔二〕此句上有眉批：「自『芳草』以下至『青波』止疑錯。」自「弄芳草」以下疑漏句。

金臺行

大風獵獵青天開，燕山樹色雄崔嵬。蒼茫眺望雲沙堆，行人指點昭王臺。昭王斯臺何事築，雄襟好事招賢才。黃金高榜懸臺上，英傑聞風争競來。臺中駿馬家千里，不勒黃金枯骨市。郭隗當先作蹇修，冀北之群洵都美。自兹鍾毓發其祥，龍髻鳳臆紛騰驤。當年此地臺何壯，千秋自此臺名尚。只今郝耨開都壤，閶闔峨峨高露掌。五城三殿拂雲霄，碣石遺宫何足賞。按圖作貢臂攘攘，大宛驎駒盡服箱。玉闕瑶京芳萬葉，金臺應與並輝光。

寄題張前輩萬緑園

雷首中條向河曲，微茫烟景紛相屬。川原膴膴有餘姿，草樹茸茸糾萬緑。蔚葱深鏁辟疆園，水色山光盡入門。帝子樓臺龍夭矯，仙人巖洞鶴翩翻。翠屏矗矗横浮抹，靈掌明星如可掇。彷彿蓬壺弱海間，銀塘玉峙争飛越。主人興致薄青霞，日涉憑高醉落花。地遠塵囂棲鳳翮，堦承雨露茁蘭芽。天開圖畫供吟目，長貯春雲千萬斛。安得我爲王子猷，直到園中看修竹。

美女篇　乙丑季春有此作，偶箇篋中得舊稿，因録出。

廣陵三月放江花，雲鬟玉貌當窗紗。翠黛淺分來遠岫，芙蓉輕艷吐朝霞。檻外夭桃紅映水，門前弱柳緑藏鴉。蓮塘絲井仙姬宅，桂户珠簾嬌女家。雲母香奩金屈膝，銀鍼繡線迴文帙。娟娟雪腕動輕衫，並翼鴛鴦相向出。倦繡時凭芍藥欄，拂箋頻試珊瑚筆。秦地瓊樓響洞簫，湘江蘭浦鳴瑶瑟。可憐佳麗古揚州，寶馬香車日夜流。紫陌豪華多倚頓，素封嬌侈擬公侯。連城白璧通媒妁，十斛明珠規好逑。花港春風揺綺樹，芳閨曉日起深愁。鳳皇自有飛棲處，宵與烏鳶共來去。須將驂霧升天衢，不則攀龍親日御。九重絶席燦珠英，三峽泓源霏玉絮。欣得詞〔一〕人夫婿殊，寧作文君溝水𠫭。二十四橋明月光，照入長安樂未央。

〔一〕「詞」字係底本編者所加，原有眉批曰：「所添『詞』字不知是否。」

涿州關聖廟賽神 順治辛卯五月十三日。

波頽能鼓中流柮，昔日封侯今謚帝。碧宇琳宫是處同，蘭肴桂醑紛相繼。鹿山寨業水茫茫，正是當年結義鄉。俎豆祠宫承甲令，羔豚父老薦蒸嘗。羔豚俎豆當時節，麥隴纔平棗花結。角觝争先戲雜陳，箜篌間奏歌初闋。朱旛法曲響雲璈，翠鈿新粧拜錦袍。玉甃冰融沉木李，金罍香動泛葡萄。俄驚雷雨霑瑶席，盡説靈神淬寶刀。雨罷歡欣猶未已，兒童婦女仍來止。華表晴飄東海塵，丹樓暮結西山綺。閒身對酒轉生愁，雨鬢霜華竟如此。却憶西秦入寇時，關河直破走京師。燕山不仰興朝力，安得黎民有孑遺。此間風俗淳且好，願各加餐慎相保。明月時看解語花，薰風共醉忘憂草。

思婦吟

順治庚寅七月四日。

高樓繡幕香風舉，夜啟紗窗看織女。樓前涼月照梧桐，城外笳聲連鴈語。長安思婦不勝悲，俛首停砧雙淚垂。嫁時豈料今如此，鄰舍女兒皆抱子。却憶長門更漏深，恩移空費千黃金。

寄壽盧斗瞻督府

齋斧琢金威紫城，馬雲繪火花錦明。麒麟繡結玉文發，夜設彤弧敓初月。桃花桃實三千年，鐃歌激酒春風鮮。神丘隆嵑峰崒嵂，指顧從容銷羽日。

偶成

癸未重陽。

北望恒山雲滿天，東臨碣石風吹海。同門有友翮自飛，攜手幾人情不改。靈藥三山未可期，芳蘭九畹香空在。只今隱几已傷嗟，忍復登高滋歎欸。

清明野望 辛未。

斷腸碧草傷心樹，壘壘新墳夾古墓。去歲清明拜掃人，今年又赴黃泉路。黃泉冥漠夕陽斜，車馬喧闐盡向家。滿地淚泪兼酒濕，野風零落棠梨花。

送劉岾陟督學湖南

澧有蘭兮湘有芷，晴川一望多桃李。把酒杯含畫省香，相思夢繞澄江水。芙蓉山外旆花明，鸚鵡洲邊棹雨輕。絳帳開時春滿座，郢中高調正堪賡。

送曹翼辰之山西任

烟蘿石柏青相結，坐對高峰見芳潔。瘴雨曾牽萬里心，寒風又送經年別。桑乾冰合雪痕平，雷首雲低雁字橫。華轂應同春色到，兒童竹馬傍花迎。

所 見

嫩白嬌紅迎早旭，倚花顧影人如玉。春衫纖指理雲鬟，寶釧聲鳴應珮環。金縷曲紉花共朵，盈盈蟬翼相銜妥。娉婷輕踏落花行，垂袖迴裾香細生。

五言律詩

送周玉繩歸娶

纔報攀龍會，旋稱奠雁朝。荷衣承雨露，芝蓋出雲霄。對影生鸞鏡，和鳴徹鳳簫。文林有彩筆，好爲遠山描。

午日江南競渡

蘭湯方薦午，南國記當年。出郭紛朱轂，中流集畫船。浪吹龍矯矯，風鼓鷁翩翩。絶似昆明戰，搴旗唱凱旋。

題武夷山圖

聞道山奇絶，披圖勝所聞。幔亭千壑樹，天柱萬峰雲。曲曲分銀瀑，層層異錦紋。憑將孫綽句，醻酢武夷君。

禁林春望

拂晨鳴珮散，縱目遠蒼蒼。寒影消長樂，晴暉度未央。雲低仙掌出，柳密御溝藏。

春到先宫苑，枝頭競早芳。紅達千花意，青催萬木姿。透墻迎片旭，繞殿弄柔飍。鶯舌偷新語，蜂鬚趂斷絲。韶光馬首得，吟望一題詩。

送黄復初還浙東

鴻寶函藏秘，行遊屢試奇。步推掌上得，韜略目中知。星劍雙龍護，霞丹九雀追。老歸雄志在，石室看仙碁。

初　罷　丙寅閏六月。

揮手自兹逝，勿嗟行路難。蚊眉戈戟擾，蝶枕夢魂安。軒冕看新貴，詩書愜夙歡。仍餘田井在，戴履主恩寬。

丙寅秋夕

樹老秋聲急，窗寒夜氣侵。砌苔行處滑，厨火雨中沉。問婦衣何在，憐兒酒自斟。漢庭游故倦，楚畹思彌深。

和房山嘉和峪石壁韻

攀藤臨絶巘，就石憩清流。徑曲花隨轉，雲輕鳥共浮。老翁迷晦朔，古碣表春秋。

好逐麏麚跡，松�老一邱。

送潘黄門祭告淮府

六符開帝極，百祀肇明禋。俎豆光南國，旌旄下北宸。人從青瑣去，路指白雲親。
聖主方求諫，萊衣可戀身。

柬楊景垣太醫

林卧喜岑寂，賓鴻來遠天。升沉一回首，闊别再經年。藥自青囊授，心憑錦字傳。
東床有快壻，聞説爲欣然。

雨後西郊

晴雨細成霧，濕雲凝作山。斷橋分岸柳，小艇隱溪灣。日入鳥飛盡，村烟人獨還。
田家秋事晚，尊酒暫開顔。

房山道中

驅車分驛路，翹首即青山。禾黍農家熟，牛羊牧笛閑。蔭墻花寂寞，激石水潺湲。

遥識雲深處，今宵宿此間。

留臺尖分 得虚字。

路隨飛鳥上，直到白雲居。極目千峰出，開襟四牖虚。氤氲瞻象闕，彷彿辨蝸廬。欣有烟霞伴，相攜縱所如。

宿山家 去張房十里。

夜就山家宿，窗虚月對樓。松風清入夢，蟲語細吟秋。巖壑千年老，藤蘿一榻幽。却思山下路，斷壁插清流。

送姚瞻雲

之子駕言邁，悠然感我心。烟雲供潑染，巖壑好登臨。下榻故人重，飛觴别思深。中原多勝跡，懷古發豪吟。

辛未春雪 初七日。

青帝權無主，同雲暗麗暉。繽紛迷萬井，廓落冷雙扉。對酒頭俱白，當歌韻不飛。

滄江堪獨卧，鷗鳥已忘機。

辛未病中寒食

芳樹自春色，高樓空遠山。龍蛇千古事，鳥雀一窗閒。藥冷暄醫背，人稀晝掩關。何當對樽酒，慷慨破愁顔。

迎春 辛未臘月。

臘裏催春早，連宵況月明。寒留梅萼小，暖入柳衣輕。豐稔占牛色，歡娱聞鳳鳴。何人遠征戍，引領六符平。

和阮集之百子山見寄之作 二首。

嗣宗本曠達，遠跡出甘泉。選勝除三逕，開林醉七賢。物情何寂寞，吾志亦幽偏。所願烽烟息，高眠共晏然。

歸山君已遠，況復入山深。朝有批鱗疏，家多擁鼻吟。書來明月夜，夢到白雲岑。著作千秋富，高名世所欽。

舟發龔村 壬申立秋日。

馬啼三十里，樹盡見清流。夾岸人歸市，分灘客纜舟。蛙雄争宿潦，蟬冷咽高秋。老大方多病，河梁漫此遊。

益津感舊

痛哭山頹日，悠悠二十年。行藏雙鬢老，今昔百憂煎。書見玄成笥，牀仍内史眠。冰清湖一曲，涕淚共潺湲。

謁劉濟滄先生墓

他日隨灑掃，今來謁墓門。滄洲心事遠，宇宙大名存。謀國思先哲，承家有後昆。千年鶴歸處，豐石表君恩。

龔村舟中

病軀妨坐卧，行藥過溪灣。因泛林間棹，得觀海上山。晴空雙鳥没，沙渚獨鷗閒。欲問天台路，胡麻可駐顔。

喜房海客見過 壬申。

我眠青嶂老，君自白門來。莫説升沉事，且令懷抱開。忘形適衫履，隨意坐莓苔。
別思杳何極，分攜重覆杯。

送王子雲南歸

挾策紓時急，韜奇指故林。言留湖海氣，爲廣蓬茅心。京洛飛花盡，沅湘芳杜深。
却看江上月，千里憶知音。

黄柏觀喜雨 甲戌五月朔。

琳閣祥烟繞，靈壇法水清。從星遵月道，觸石見雲行。小圃垂新翠，交渠散野萍。
天功原不宰，無可答神明。

寄贈潘亦式黄門 甲戌五月晦。

晝省高儀表，當年矢獨清。如何一往客，亦負八厨名。風雨江潮暗，烟塵戍角鳴。
人間吾已矣，及爾問雲程。

小池泛舟同劉樂予史我肅諸友 乙亥秋八月。

壑小亦藏舟，林深水徑幽。落霞紅樹晚，凉月綠蘿秋。今昔關雙淚，行藏聽一丘。
燭殘親岸火，情話更綢繆。

茂之涉山有咏率爾言和 丁丑五月十三日。

與子經年別，愁來誰爲言。長林支病榻，亂石閉閑門。地迥幽臨壑，亭孤遠見村。
此時攜手處，日日獨銷魂。

逶迤因地脉，結搆近天成。樹密窗寮暗，苔深屐齒平。幽蘭晴抱石，宿鳥暮依城。
何事干戈急，登陴對野營。

關聖廟洗刀日酬茂之作

夏五月幾望，人傳雨洗刀。上章朝擊鼓，飲福夜分醪。飛雷穿林入，長風帶樹號。
千年懷古意，慷慨見吾曹。

中和峪英國賜山 己卯夏日。

胙土酬殊績，賜山昭特恩。彤庭公一位，寶地佛三尊。苔蘚封雲篆，丹青印雨痕。

椒繁紛映日，合殿澤猶存。

柳津莊　壬午七月廿六日。

土堉猶宜柳，渠成幸得津。流長山脉遠，稻晚雨香新。聖德天無極，農功地有神。兵戈始度外，耕鑿欲終身。

新秋郊興　七月十二日。

殘暑吾何慮，郊林載酒還。菓香童子袖，葉醉美人顔。雲勢忽侵月，雷光猶辨山。驅車暫城郭，秋事未應閒。

張房村遇雨展讀阮光禄詠懷堂詩

既妨前去路，且上最高樓。雲亂山樵徑，烟孤野渡舟。濛濛初覺潤，滴滴漸成流。不展驚人句，難消萬斛愁。

石度村夜宿

徑曲頻環水，峰危盡切天。衆奇疲遇目，絶壁怯摩肩。鷗渚平沙外，龍祠陟石巔。

溪聲清可枕，不必就人烟。

至大龍門共陳子忠夜坐

躋涉頻嘶馬，林烟隱碧山。聊因魚岸火，更向鳥飛攀。戍角傳秋壑，雲旗肅夜關。松陰資下榻，一展弟兄顔。

大龍門樓臺同高元戎張參戎陳都閫小酌

攜手躡雲磴，樽清酒亦閑。虎風時嘯谷，豹霧鬱憑關。國寶人三傑，邊城水一灣。行藏同此酌，心賞翠微間。

種　竹

素心雖愛竹，對竹却生愁。聊喜當新雨，因栽就小樓。和烟籠石潤，帶月拂窗幽。何日方成杖，相攜汗漫遊。

雨夜有懷　順治辛卯六月四日。

凄凄陰雨夕，甚此别離情。欲作中宵夢，翻令百慮生。砌間蟲自語，琴冷鳳孤鳴。

最是相思處，高樓共月明。

虛窗　六月六日。

愛此虛窗卧，都無世俗煩。不妨涼月度，聊可夕禽喧。酒煖乍留客，花香恒閉門。夜闌碁局罷，揮手共忘言。

晚酌觀吾家退之與史聯叔象戲吕乃安與張君翰圍碁　辛卯七月。

斜照落前楹，林軒爽氣生。披襟同對酒，分耦各開枰。宿鳥低回下，幽蟬次第鳴。露深頻剪燭，河鼓已西横。

秋月婁江友人楊叔蒞長郎繩胤過涿以詩見投悵然感懷即用其韻　辛卯八月五日。

有友吴江遠，寒雲緝夢思。經年懷玉麈，何日共金巵。桂樹山叢老，桑田海岸移。雄文欣令器，元圃得瑶枝。

寄謝鄧元昭翰林貽書云連年桃李之陰各有所云云以此答之

壬辰九月。

桃李結繁陰，穠華春自深。有時經暮雨，詎復異秋林。玉蕊風揩颺，紅芳月沼沉。獨憐松柏質，共保歲寒心。

南瑩茅屋，先曾祖鳳崗公以上皆窆於南瑩，在城東南三里許，是吾家宗親之所共也。亂後闃無居人，遂苦樵牧，松楸盡矣。辛卯還里，乃鑿井植樹，搆屋三楹。左右以居守者，而虛其中。歲時伏臘，聊敝風雨。壬辰季秋九月晦，有事於此，感而賦云

松徑依丘壠，蓬窗對里閭。初寒風落木，乍暖日低簷。甕滿畦蔬熟，甌香井味甜。清樽披宿草，感嘆歲空淹。

乙未仲冬欽賜御筆恭紀

指顧山河定，絪緼物象胎。蒼林騰地起，銀瀑接天來。路入緣溪舘，橋分點石苔。微臣承厚眷，親見筆花開。

南苑應制　順治十三年仲春。

蒐禮及春陽，戎軿肅武裝。旗聯新柳色，馬踏早花香。湯網開三面，虞階奏九章。山樽叨鎬宴，天語載賡颺。

送馬玉笥歸省

會府辭周計，歸心向夏城。家山千里遠，官路一身輕。落葉臨關盡，寒花傍馬行。錦衣飛晝綵，忠孝慰平生。

慈顏背棄奄忽再期仲春既望將近清明有事山塋愴然哀感

新雨春郊外，依稀二月天。遥峰晴見雪，嫩柳晚含烟。揮涕臨官路，傷心向墓田。禫除行有日，定省復何年。

東流水山莊 在房山。

久負山家約，空摇客子魂。今看巖上月，仍照樹間村。耕息收田鼓，樵歸度石門。曉來深處去，烟路杏花繁。

保水崖

峭石瀉懸流，山村景物幽。杏林侵水面，茅屋枕溪頭。緑嫩連茵坐，紅香帶酒浮。欲行還復住，春色自相留。

七言律詩

初至益津應道試　時十四歲。

城隅祠廟業峥嶸，觀察威儀肅吏兵。墨綬摇風趨長史，白牌帶月引諸生。筆花冒紙水痕蕊，簷霤飛光晝氣清。何處踈梅穿畫閣，晴牕香煖繡初成。

送周玉繩歸娶　周玉繩，即周相國延儒，癸丑狀元，又號挹齋。

臚首承恩事最奇，玉堂仙客赴佳期。宫袍色映鮫綃室，天語光聯錦帳詞。千里馬頭心跨鳳，五更鴛頸夢還螭。名花入手傾南國，較勝瓊林第一枝。

送楊侗孩年兄歸省

石渠天禄共披芸，氣味相追誼並芬。忽動夢魂思問寢，暫從霄漢賦離群。一杯海接青雲色，萬里天開璧宿文。此日金華需侍從，旌戈早別武夷君。

寄題杜將軍經武堂

燕頷將軍國士名，開堂經武朔方城。幕踆萬虎西風嘯，佩挾雙龍夜雨鳴。抒策鬼神無計遯，指揮鷗脱盡魂驚。猶將餘力工柔翰，海碣都谿倚馬成。

送孔泰華年兄歸

正抒琬琰達明光，暫欲尋閒遠玉堂。驛路征車千柳蔭，江城親舍五雲香。承歡愛日春初麗，對酒當歌夜未央。惟念細旃期顧問，莫將文旆滯華陽。

秋日有懷毛禹門年丈

薊門寒色動秋陰，肝膽摇摇憶武林。風雨湖山生遠夢，海天樓閣入豪吟。搴帷仙吏欣揮霍，載筆文儒嘆陸沉。白露蒹葭空悵望，好憑一雁爲傳心。

送李小灣年兄還嶺南

鳳池鏤管墨花鮮，偶别瀛洲萬里天。仙客脩途迎劍珮，幽人索處遠蘭荃。去時魏闕紅雲擁，到日鸞臺紫氣懸。五色羊城休眷戀，承明供奉李青蓮。

賦得山意衝寒欲放梅

陽和氣脉動元辰，寒谷枯林擬報春。緑綻漸窺冰蕚瘦，素舒從望雪華新。羅浮冷破清生韻，大庾宵回夢有神。好向枝頭催早發，天庖須待和羹人。

家仲别業 在崇元宫西。

叢篁小結碧山居，深坐紗窗手録書。槐柳陰多通旅雁，芰荷香老見池魚。清尊夜月仍懸榻，琳閣天風欲步虚。寂寞偏疑楊子宅，長安甲第復何如。

己巳秋暮

木落天高雁唳空，蕭蕭叢菊晚梳風。霜稜劍戟花難守，愁壘金湯酒不攻。萬事已隨雲聚散，隻身仍似月朦朧。儒冠多誤從來久，擬向廬岑問遠公。

謝周挹齋寄茶 七月三日。

函封遠寄鹿門秋，陽羨芬香慰渴愁。玉洞雲深紫筍茁，金盤露潤碧烟浮。鶯花共醉人疑夢，鴻雁孤飛月隱樓。誰道清風生兩腋，相思翻使雪盈頭。

溪浦小舟漂浮積載，壬申秋漲棹抵天津。西北烟波，宛潭來會。客曰：露氣芳香，水花澄瑩，當是從御河來也。戚戚在衷，感激成韻

奔流萬壑赴津門，遠島遼空黯客魂。銜尾舳艫通紫塞，舉頭雲月近黄昏。御溝水滿天連海，上苑香浮花遶村。漁浦江帆蓑笠叟，當年玉陛點〔一〕皇恩。

〔一〕眉批：「點字疑誤。」

舟過益津愴然悲咏

浩渺烟波望不窮，石尤夜怒激秋風。蛟龍出没千家泣，禾黍浮沉萬井空。官路盡從篙槳渡，漁舟却與市廛通。五行休沴知何據，好下書帷問董翁。

懷上海劉明府

清玄聰洽重劉楨，爲政風流冠治平。花滿山城繁錦色，月明海國静琴聲。朝天不用飛鳧影，題柱應高狎雉名。廣内即今徵茂宰，循良重覩漢公卿。

答涿二守周肖川先生

拂衣歸釣渭川濱，猶憶當年問字人。蝶夢虛隨南去遠，魚書先寄北來頻。芝蘭爲慰山中老，泉石能娱物外身。世事無如雲卧穩，天涯寧必惜沉淪。春風五馬水爲心，歸去家臨蠡澤深。騎竹廿年還似昨，鹿蕉一夢到于今。紅顔已駐仍栽藥，緑醴聞呼共盍簪。獨念此邦離亂後，孑遺每自頌甘霖。

贈汪文仲四旬初度步挹齋韻

珠泉石室想伊人，儒雅風流欲絶倫。坐對雲楸觀浩劫，静從樵斧失繇旬。平津布粟情可篤，元圃桃花宿有因。竹影晝清聲寂處，笑看滄海復揚塵。

佛洞塔　三月三日。

秋清佛洞望迢遥，一嶺中分四水朝。白馬風雲澄氣象，紫荆巖岫接烟霄。道人石室瑶花長，仙女丹臺玉樹喬。豈有桃源堪避世，衹應此地老漁樵。

大龍門　八月四日。

積石曾聞鑿大荒，溪聲此處亦湯湯。青天一線來恒岳，碧巘千里〔一〕絡太行。明月雉垣樓瞰水，秋風虎帳角催霜。邊庭饒有金湯固，制勝還須問廟堂。

〔一〕眉批：「千里，疑是千重。」

大龍門樓臺　從山海至大龍門，樓臺凡八百座，有名記。

萬曆初年邊政修，漁陽上谷倍綢繆。東連澥海三千里，西到龍門八百樓。羆虎功勳推戚李，麒麟事業表汪劉。從來制勝須多筭，群策今宜借箸籌。

送操江治兵防楚

飛飛征蓋出宮雲，疏轂輕塵静不聞。薜荔影寒門謝客，芝蘭香動室宜君。遥天氣擁龍蟠宅，刻日風清魚麗軍。夢澤行須吞八九，鏄鐘再見勒元勳。

紀難十四首

癸未七月河南事

清渭長河帶華嵩，轘轅伊闕鬱巃嵸。誰教北地滋豺虎，竟使中州絶雁鴻。御史倒持斬馬劍，將軍潛解射雕弓。年來嘔盡忠臣血，一夜西風萬事空。

癸未八月陝西事

天府金城百二山，何期銅馬度函關。素車安繫秦王頸，朱芾仍排漢吏班。渭汭秋聲嗚咽水，終南雲物慘悽顔。可憐自古長安地，千里桑麻付草菅。

甲申正月山西事

秦晋相望阻大河，淮陰尚費木罌過。繭絲已竭邱中力，戎馬何愁水上波。四野陰風摧敗壘，三關明月照悲歌。山川表裏依然在，鳥散魚驚可奈何。

甲申二月賊陷寧武關大將軍周遇吉死之

不使巖關賊騎通，周家猛將本遼東。焚書已作沉舟計，没羽將成射虎功。奮臂大呼天爲怒，忘身殉節鬼稱雄。夫妻部曲同時盡，日月雙懸照爾忠。

甲申二月賊至大同巡撫衛景瑗死之

重樓百雉建霓旌，昔日中山壯北征。群盜雖多烏合侶，官軍不乏虎牙兵。中丞斷舌髯張怒，大帥甘心面縛迎。伯玉曾稱衛君子，至今景瑗復垂名。

甲申三月賊至宣府巡撫朱國壽等死之

宣府鷄田接赤城，輔車脣齒切神京。觀軍虎竹承新旨，大將龍旗空舊名。蒙面喪心嗟若輩，刳腸斷首嘆書生。姦人爲賊休兵力，來説君皇禪位行。

甲申三月昌平事

重巒萬疊護居庸，鐵壁金城不待攻。邊塞烟塵迷野馬，陵園風雨咽寒松。衣冠掩泣圖肥遯，弁鞈飛揚慶僞封。千古興亡一回首，北邙原上草蒙茸。

甲申三月十九日事

興衰從古似循環，獨怪危亡頃刻間。天運儵隨長逝水，地維竟絶不周山。忠貞苦被桁楊死，亂賊欣誇黻綬還。慷慨從容皆不乏，烏號但記寺人攀。

甲申三月二十三日余被難涿事

涿鹿曾傳墨守名，赤眉狠顧未加兵。緣知越石肝腸烈，故使狐泥肘腋生。曠野麒麟悲道喪，寥空鳳鳥泣孤鳴。杞人久已憂天墜，一片丹心萬死榮。

甲申五月初一日涿人殺賊

囊頭折脇備諸艱，生死存亡只此關。縞素雲淒揮涕淚，旌旆日麗展愁顏。龍文盡吐連牛氣，鼠輩争教匹馬還。倉海君家饒力士，子房何用棄人間。

追憶甲申二月出師事

晋趙烽烟接帝京，群推綸閣出觀兵。皋門衮冕親臨餞，祖道冠紳盡送行。長子輿師甘辱國，涓人揖盜早開城。咸陽宮室連天火，萬户傷心恨未平。

賊攻保定不下力竭城陷監視方正化鄉紳張羅彦死之

上谷咽喉勢必争，中山北望此堅城。觀軍剖膽星同耀，光禄開心月共明。攜手甘爲巡遠死，垂芳何遜甫申生。秋來故老趨祠廟，雲白郎山易水清。

太夫人罵賊甲申四月四日涿州事

四朝綸誥太夫人，高閣長齋禮玉真。石氣可能飛五色，丹心直欲正三辰。倚閭事異王孫母，恤緯憂兼子叔身。聊借口誅伸義憤，家門禍難未須嗔。

甲申四月十日，群盜既劫余家，又執余入京，將使寇渠李自成親殺以洩其恨也。友人楊玉華、史聯叔、張用徵，送余於巨馬河北，涕泗横流，蓋知余必死矣。余慰之曰：「有極尋常二語却極切此事，諸君願聞之乎？」皆曰：「唯。」余曰：「合乎天理之正，即乎人心之安，諸君何痛焉！」

鄒國選言敦取義，尼山垂範貴成仁。時窮更得詩書力，世亂彌彰君父親。諸子千行悲永訣，孤臣一死獲安身。斷橋流水長堤柳，相送渾如執紼人。

都城後湖别業沐園夏日　順治丁亥五月二十二日。

菡萏摇風漸欲芬，池楊青拂草堂雲。溪疇劃稻開枰路，浦涘迴沙簇籀文。沆瀣金莖仙掌溢，芳香紅葉御溝分。荆扉静掩臣心水，磯上輕鷗聊與群。荷芰亭幽香自尊，溪雲導雨度柴門。澄潭石静魚能戲，深樹燈移鳥不喧。吐月喜開新象緯，洗巵重話昔寒温。鄉園農圃雖更主，禾黍芃芃取次繁。

雨後陳翰林過訪　丁亥五月廿五日。

興衰事已久燃犀，天禄欣傳焕紫泥。柳岸輕烟雙繫馬，蓬窗晨雨半收霓。藤穿古木燕臺老，霞散澄江越樹低。相對莫辭池上醉，吴王宫裏夜烏啼。

其二同玉孺及於衮甥壻增美諸甥子湛家姪

異時骨肉天涯隔，此日同舟喜不勝。移棹搴花輕觸藕，傍堤傳酒乍攀藤。海濱歸國吾儕老，鴻陸升階爾輩能。甥舅群英依伯仲，相看共在玉壺冰。

懷　仙　丁亥六月十日。

瑶溪雲遠路無由，聞説珠垂琪樹幽。齊物已酣蝴蝶夢，思元聊慕鳳凰遊。層城瑞靄浮仙嶠，九域晴烟泛海漚。長笛千山明月曉，人間風雨自颸颸。

其四對酌　丁亥六月十二日。

家園三徑任教荒，御水迴流映草堂。藥圃籬疏通月影，書帷風細納荷香。開樽幸有交親在，露頂寧嫌禮數妨。却念屈平當日事〔一〕，頻歌蘭桂訴東皇。

〔一〕「當日事」，原乙作「當事日」。

其五晚坐　丁亥六月十三日。

澄湖深處絶風塵，何用桃源遠問津。天外烟巒迷去鳥，林間水榭隱居人。襟披月露吟逾健，酒入花香醉有因。落蕊任隨流水去，燕山六月武陵春。

其六　丁亥六月廿一日。

湖底清空映碧虛，乘流莫問夜何如。溪橋客度晴嘶馬，岸火人孤夜捕魚。水度梵音香界暝，風迴譙閣遠鐘疏。扁舟還泊池亭下，漸見紗窗滿架書。

其七　中皆詞林親友。

池館開筵就芰荷，翩翩雜佩惹青蘿。坐聯鳳羽清風穆，香接芝蘭明月多。藜閣文章追大雅，蒿宫禮樂贊中和。詰朝待漏歸宜早，遲日相期更醉歌。

無　題　辛卯七月十二日。

細結雲鬟不露絲，長裾窄袖動芳姿。耳珠嫋嫋輕垂月，面玉盈盈淡傅脂。乳燕春深喃翠幕，嬌鶯日暖囀花枝。殷勤持贈茱萸佩，恒引蘭香入夢思。

桓侯廟　辛卯秋日。

忠臣祠廟儼朱門，車騎曾扶漢室尊。馬向秋原嘶白草，人從驛路轉孤村。桃園早灑憂天淚，劍閣長留報主魂。父老淒凉談往事，樓桑落日已黄昏。

酹仲石弟墓　辛卯七月十三日。

筆硯依隨患難同，寧堪一别夜臺空。高原宿莽沉雄劍，古道荒林有斷蓬。鴻雁路迷青嶂霧，鶺鴒翼折白楊風。芝蘭並向書牕茂，誦爾遺編恨未窮。

謁先塋有感　辛卯七月十四日。

凄斷秋原淚已垂，佳城摇落更堪悲。坵荒不識眠弓案，樹盡難尋挂劍枝。斜日野田鴉噪急，西風華表鶴歸遲。黄塵每見飛滄海，松柏薪摧空悼思。

酬吕乃安　辛卯七月。

野馬塵埃看碧天，吾衰不復夢遊仙。已甘身世丘中盡，豈有文章宇内傳。桑海遷移棋局擾，林皋清暇酒杯賢。與君坐對松窗石，寧羨春蕪滿徑鮮。

乃安詩中有望仙語因作憶遊仙詩一首仍步其韻　辛卯七月。

顥氣罡風大赤天，鸞車鶴馭幾登仙。丹臺秘藥金奩授，碧落真文寶笈傳。法席壇趨滄水使，清言坐引竹林賢。無端隕墜悲塵土，空對雲章玉字鮮。

壽晋州守李掖公名佐聖　壬辰四月十日。

金門射策筆花生，日暖雲深鼓子城。飛蓋行春膏雨集，静琴當畫凱風清。桑畦緑滿聞鷄祝，麥壠黄浮有雉鳴。易水滹沱流潤遠，同歸滄海作波聲。

春日懷睢陳孫毓祺觀察

含香當日羨承恩，蒿目民艱共討論。一自旌旃飛白馬，獨留夢寐向黄昏。天澄月滿濠梁水，春暖人歸埡澤門。遥指崧高無限翠，桐花開處憶王孫。

有懷吴含貞　吴自房山移金谿。

石經霽月柘岡烟，管領雲峰兩地仙。棠蔭欲隨香樹永，琴聲更藉玉溪傳。山城春雨朝歸市，江路漁燈夜泊船。莫道長安霄漢迥，治平已達蔚藍天。

秋日寄懷寧夏劉孝吾元戎　壬辰八月。

芙蓉星劍寶花鐔，太乙陰符玉作函。刁斗夜清金積水，旌旆曉静石空嵐。貂裘驟馬風初勁，虎帳鳴鐃月正酣。三箭天山欣已定，長教塞北似江南。

顧君質生子晬日　壬辰九月。

菊蕊浮香酒欲清，桂林揺影夜初晴。藍田日暖和烟種，碧海珠圓帶月擎。驥子權奇千里步，鳳雛音律九霄聲。庭階長得宜男草，還見蘭芽次第生。

先公生日悵然悲感　壬辰十月九日。

斑衣此日舞芳筵，凄斷于今三十年。架滿蠹殘遺墨跡，窗虚蟲結故琴絃。乾坤轉眼移滄海，時序驚心痛昊天。老母長齋依繡佛，空將尊酒酹晴烟。

南苑應制

順治十三年仲春。

離宮烟樹接神京，鼓角傳催鋏騎營。曉露浥塵騰虎隊，春霞簇彩擁龍旌。前驅戈指斜暉駐，嘉樂筵開淑氣盈。謨訓諄諄還自念，衰庸何以答昇平。

畋射

十四年孟冬。

雲林縹緲見龍飛，一到平原大合圍。野曠天高鷹已疾，草枯沙浄獸初肥。迎風八駿摇金勒，帶箭雙猣近畫旂。神武從來原不殺，海隅處處震天威。

閲甲

雲朵浮空御馬來，金鱗躍日錦花開。六師分隊驅貔虎，萬騎争先破草萊。樹影遥連旂色動，橋流近並角聲催。試看猛士勤恩撫，仰頌堯仁遍九垓。

訓飭

放馬歸牛慶治安，盈庭師濟共彈冠。鳳凰舞應階前羽，鯨鱷風恬海上瀾。已見寅恭襄至理，仍望董正飭多官。閒臣復與賡颺盛，回首當年愧素餐。

送程紉洪館丈之姑蘇任

宮衣曾惹御香温，爲醉離筵帶酒痕。畫舫秋清桃葉渡，平輿月滿辟疆園。洛陽才子終虛席，吴會諸生盡及門。到處溪山堪得句，五雲回首憶君恩。

送謝千里遊杭州

一別於今二十年，多君雅操始終全。調高山水堪娱老，志絶雲霄肯問天。夜雨筆鋒開鳥跡，晴窗墨氣動林烟。此行遍覽西湖勝，佳句應憑尺素傳。

送范正之杭嚴道任

多才無地不相宜，何事停杯悵別離。三晋山河留鑄鼎，六橋風月待題詩。家鄰梁苑梅如雪，路傍隋堤柳欲絲。流水聲中春思遠，西陵樹色夕陽時。

賀陳青壇生孫

太行曙色鬱青蒼，俯瞰黄流九曲長。喬木極天通岳氣，高門奕世接書香。金籯不入韋賢宅，玉樹恒生謝傳堂。池上鳳毛看濟美，龍媒還擬挾雲翔。

還　家

浮生踪跡任飄蓬，却到家園似夢中。蛛網絲添書閣暮，燕巢泥冷畫梁空。鐸吟梵塔千年月，鐘度譙樓五夜風。丹鼎未紅頭已白，人間回首嘆何窮。

寄贈真定胡道南司李

赤水精神白雪詞，冰壺清徹恐人知。恒山春暖搴帷處，大陸霜寒露冕時。松韻夜摇風動石，荷香晴滿月明池。遥思吏散庭簾静，好鳥還鳴蔽芾枝。

贈董約之赴蕪城記室 戊戌。

當年太史紀陳荀，回首風流憶古人。命駕多君還見重，通家顧我最相親。鳳毛霄漢終應起，龍種江湖未易馴。載筆蕪城堪作賦，花時須寄隴頭春。

華亭沈友聖來自婁東具知駿公動息因其投詩依韻賦答

菰蘆深掩讀書堂，雲朵飛來錦繡章。特進風流垂後葉，考功格調起初唐。泖湖烟棹晴波遠，燕市燈花夜漏長。聞説故人吟興健，高歌應憶接輿狂。

尚臣仙黃門永言圖詩叙

猗歟黃門，世承令德。東州華望，喬木大其高門；西園棠陰，花封昭其最績。是以騰鑣雲路，振羽朝端，時仰國楨，人推家學。青蒲日麗，苞桑矢磐石之謨；紫綍春温，風樹動松楸之感。遂乃形之圖繪，寫永念于終天，播諸咏歌，流芳聲于奕葉，爰同公好，綴以七言。

暘谷春風漾海沙，芝田日暖玉生芽。鶴歸華表千年老，鳳翥烟霄五色花。青瑣名高身許國，白雲望斷夢思家。終天永念情何限，綸綍光摇絢早霞。

都門元宵[一]

豐年簫鼓沸京華，静掩衡門樂亦賒。煖屋吐梅欺火樹，寒林擎雪笑銀花。糟牀頻注春前酒，石鼎時烹廟後茶。坐待小樓明月滿，一天燈色萬人家。

[一]「宵」，底本誤作「霄」。

爲滿洲内子卜葬 己酉春。

昔日歡娱思對景，而今凄慘卜藏舟。溪鳴痛注千年淚，山翠顰含萬斛愁。龍虎蒼茫頻定向，鳳凰飄渺憶同遊。小西天上能仁宅，應有蓮花照隴頭。

五言絶句

春　夜

馬入垂楊去，誰家明月樓。朱顔人不見，暗聽下簾鈎。

别卜生

聞説故人去，凌晨先掩扉。飽經離别事，不忍見征衣。

閨　情

清秋明月夜，無事亦多愁。况乃孤征客，經年在隴頭。

美　人

美人坐芳春，靚粧桃李妬。花落隨風飄，新人忽成故。

閨　怨

誰家歌管月，照此别離愁。背掩紗窗坐，寒燈雙淚流。

看花誰

誰道花堪比，相攜試看來。海棠能解事，不敢向人開。

南苑應制

順治十三年仲春。

幸與時畋禮，欣瞻止殺仁。陽和濡雨露，枯朽亦知春。

七言絶句

辛未春雪

瓊瑶片片點窗紗，玉樹春寒宿晚鴉。疑是江南明月夜，杏園開徹柳飛花。

對　月

南國秋高酒正清，穹廬月滿好興兵。樓臺歌舞方沉醉，不信沙場戰骨横。

出都門

薄霧輕雲帶早霞，溪迴馬度野田花。交知莫設都門祖，明月相隨已到家。

南苑應制　順治十三年仲春。

八彩旂聯結陣雲，太阿氣動燦星文。侍臣擬效岐陽鼓，共獻車攻頌大勳。

雨中宿都城東十八里觀音庵

花村歧路見僧菴，夜雨孤燈隱佛龕。衲子不知人意倦，故敲鐘鼓動伽藍。

秋夜

更漏將殘天未明，燈花頻落夢難成。傷心最是秋天夜，何處離人不淚傾。

題王贊元摹巨然烟浮遠岫圖

林峰嶺竇鎖烟嵐，北苑風流興共酣。高士會心渾不語，水亭常在草堂南。

題王贊元臨梁師閔蘆汀密雪圖

汀洲深處蓼花寒，蘆荻搖風雪滿灘。賸有鴛鴦相並好，不須蓑笠擾江干。

房山道中得雪 庚子十二月二十二日。

山城暖氣靄如春，嶺霧迎頭壓馬塵。共說農年應有瑞，曉來樵徑已迷人。

諸友偕赴山莊有先歸者賦送

相邀共入白雲堆，任意留居任意回。此去已將殘臘去，來時須待早春來。

哭訥藍內子

彩鳳祥雲竟渺茫，追尋何處不神傷。縱教走向天涯路，觸緒興悲更斷腸。

芙蓉出水黛凝山，步履飄飄度自嫻。雖伴彩雲天上去，音儀彷彿在人間。

禁籞風清月吐輝，青蕉翠竹間薔薇。當時對飲還聯句，環珮珊珊今是非。

纖指飛沉意自閑，心存流水共高山。繡餘纂得絲桐譜，忍痛開函淚雨潸。

臨池直欲紹鍾王，不分人間有宋唐。每欲傳訛忘秘訣，煩君與我細商量。

濡毫獨本李營丘，二米雲林間亦收。此外不須供潑染，輝煌艷麗豈吾儔。

冠履衣裳枕共衾，女工時刻未停鍼。即今觸目成悲感，翻恨從前過用心。

閨中寧得廢珍奇，耀首華身事必資。爾獨何心欣澹泊，釵荊裙布甚安之。

芰荷池畔同攜酒，蘭蕙窗前對弈棋。二十四年明月夜，一番思憶一番悲。

粧樓展卷紗窗曉，寶鼎焚香繡佛新。前世多應文學士，來生須作坐禪人。

鳳閣鸞臺特賜婚，齊姜宋子出高門。宜家不辱君王命，屬纊猶懷夫壻恩。

人面桃花共此中，人隨花落泣東風。重來當日登臨處，啼鳥聲聲恨不窮。

痛淚盡隨花蕊落，愁心又見牡丹開。年年對酒當歌處，疑有芳魂傍鏡臺。

柳暗花殘墓木新，繐帷空掩畫堂春。多情鸚鵡能相憶，猶喚房中舊主人。

豈有坐禪能遣妄，更無對酒可消愁。塵緣未得全拋却，再世還應結好逑。

人間伉儷比洲禽，盡説恩情山海深。可有恩情兼道義，能如爾我兩知心。

嘉平偶別未嗟吁，忙遣蒼頭送乳酥。豈料春來成永訣，漫流涕淚洒征途。

芳年十四美雲環，愧我當時鬢欲斑。誰測天公顛倒意，偏教白髮哭朱顏。

素心端的愛文才，贈我詩囊錦自裁。繡手祇今何處是，開緘先使淚盈顋。

吟猱綽注近天然，端坐焚香静欲仙。爲喜宮商相應和，書林親自上琴絃。

地墮雲絲加半握，天門鳳額起雙眉。姿儀難寄丹青手，欲見終須夢裏知。

二十四年渾是夢，而今仍在杳冥中。還如夢裏重談夢，他日相逢總屬空。

在昔昌黎傳聖業，評將妄法遣悲腸。鍾情極處傳情甚，爲爾殷勤禮覺皇。

女誡從來贊婦功，織紝纂組亦何窮。家傳心解如卿少，信手拈來事事通。

當年二豎苦相侵，賴爾周旋幸再生。裹葯戴星朝帝闕，雙親正自望卿卿。

行年五十仍添九，老日依然少日狂。攜手同車寧膝下，高堂深處學迷藏。

五更待漏直承華，薄暮歸來對燭花。飲罷並棲香閣裏，還如新壻在翁家。

相隨東郭哭亡兒，痛裏寬意慰我悲。一旦傷心如此極，肝腸寸裂恐卿知。

九重賜配天恩重，百歲偕歡海誓深。俯仰追尋無報處，惟餘皎日照丹心。

珍饈旨酒未全貧，果蓏隨時入口新。色色盡從心手辨，不然何以樂嘉賓。

月色徘徊知有恨，春光惱亂欲無生。聽猿已下三聲淚，悲風〔二〕還牽萬古情。

帝遣良工寫我容，經營慘淡意憧憧。圖成先與夫人看，果可方堪達九重。

丁年稱慶兩萱堂，兒女親家對舉觴。取次萱摧蘭蕙折，可憐翁壻共悲傷。

憶昔相期參道妙，漸從胎息入還真。塵凡無奈多鞅掌，博我清閑汝喪身。

柳綿〔二〕縈迴牽痛緒，杏花憔悴引愁腸。從今休説春光好，題起春光倍慘傷。

端陽正爾逢初度，同到磨碑寺裏來。昔向山靈祈壽考，今從佛地舍凡胎。

洞簫幻出梅花調，容與優游入正宫。鳳去台空音響寂，夜凉愁對月朦朧。

一春涕淚湧如泉，雖見花開眼未乾。今日芳菲零落盡，唯餘乳燕畫堂前。

松下濤聲隨玉指，溪山秋月入金徽。伯牙先别鍾期去，流水高山空落暉。

一别芳容無見期，每逢交朔倍相思。偶觀天際初生月，猶似當時淡掃眉。

展轉孤衾夢不成，倩人扶掖下階行。藤陰月影增惆悵，慚愧庭前雙雀鳴。

弦斷鸞膠方可續，回生須得返魂香。還丹未就人先去，雲白山青空渺茫。

二十年來事可思，黄粱飯熟亦多時。渾如客子三台返，回首仙山路已歧。

暮哭朝悲損瘦肌，挑燈展卷問軒岐。軒岐回語君多事，此病人間無藥醫。

牡丹花好櫻桃熟，净水瑶盤浴佛時。風景不殊人事改，淚珠獨背夕陽垂。

石上清泉映碧霄，迴環宛轉渡溪橋。臨流滴盡傳心淚，同越津門作海潮。

柳陰蘿影夕陽收，戲作溪橋石上浮。籌酒已看山人去，清泉今日爲誰流。

殘霞籠日逗斜暉，乳燕巢低近素帷。景物凄凉催鬢雪，孤燈獨坐淚沾衣。

輕雲細雨土花香，點滴聲隨夜漏長。生死事殊情不異，孤衾新塚兩悲傷。

紼翣交横遠送君，千山深處鎖春雲。佳城縱樂如南面，無奈芳香杳不聞。

碧嶂青巒接玉京，水雲煙樹繞佳城。美人不及池塘草，一到春來又發生。

崦嵫景暮易生哀，何事佳人去不來。花峙晴霞空繡閣，升林凉月冷琴臺。

堪嗟泉夜路漫漫，弱水流沙未是難。空向雲中悲別鶴，無因鏡裏見雙鸞。

嫌鳳〔三〕懶步薔蘼架，畏日慵看芍藥欄。多病但知尋卧處，却愁竹簟泪成瘢。

青山高塚白雲飛，還憶仙人丁令威。遼海久傳華表鶴，期君千載復歸來。

穠桃艷李人間有，金屋朱門世上多。嬿婉静芳君子德，汝墳江漢入詩歌。

禮度從容閨閣宜，温恭儒雅女中師。每當對月臨風地，深憶齊眉舉案時。

浴埃閑居近紫薇，齊宮松柏藹晴暉。玉樓人去簫聲斷，春水茫茫白鳥飛。

芳園灌水緑交加，小閣晴窗度月華。猶憶夜深人静後，金針指上發春花。

春色凋零花事闌，素帷寂寞月光寒。廣陵却寄朱絃到，空有知音誰與彈。

冰浸朱櫻夏日寒，匀圓顆顆似仙丹。追思纖手親擎送，雙淚相含瀉玉盤。

穠華已逐青春去，新月仍同翠黛愁。生死恩情存涕淚，蒼蒼烟樹水空流。

湘浦嶷山古别離，江流萬里盡無期。誰知杜宇催腸斷，咫尺峰嵐接緑漪。

巒嶂嵯峨接碧天，雲霞繚繞隱花鈿。玉洞瑶函通地氣，新栽松柏擬成烟。

靈鳥孤飛難並翼，嘉魚鰥目不成雙。綃帷懶繫同心結，獨枕寒衾背夜窗。

夢中冥漠飛蝴蝶，臺上蕭條憶鳳皇。無計重榮連理樹，祗凴玉筯謝春光。

凌晨笄總侍萱闈，錦袖春新伴彩衣。幽思無端頻入夢，覺來殘月透雙扉。

逍遥未擊莊生缶，展轉還賡潘令詩。昕夕沉憂迷侵〔四〕食，人間無處慰相思。

雅度從容在目前，清言諧適似同聲。羅幃虚掩芳香歇，愁聽窗鷄半夜鳴。

開笥半存彤管跡，圖形漫想緑雲浮。不知蒿里何年曙，惟見松原白日愁。

年年祝壽正端陽，桃實榴花對羽觴。憶結五絲長命縷，翻教斷盡九迴腸。

梅雨通宵和淚傾，簷風吹作斷腸聲。香消燭盡紗窗曉，欲寄相思夢不成。

嘉節端陽雨後晴，烟消雲浄碧天清。榴花空説明如火，不照愁人幽獨情。

風日晴和端午天，兒孫拜舞尚依然。蘭堂舉酒人何在，祝頌今爲祭祀筵。

懽娱今轉作悲歌，對此良辰可奈何。蓂罷燭殘人散去，踈簾斜月晚凉多。

内儀自古垂彤管，學業如今憶緑閨。歎息牀書連屋滿，凄凉堦樹與雲齊。

長日融和入夜凉，年年五月好風光。人琴奄忽同寥落，愁聽鍾聲度草堂。

青燈烱烱照愁腸，斜日悠悠過短墻。欲賦招魂何處是，碧天無際白雲鄉。

間窗紙響風吹雨，遠樹光摇電送雷。撫枕攬衣無意□，□□初日兩徘徊。

〔一〕眉批：「風家疑錯。」

〔二〕眉批：「綿字疑錯。」

〔三〕眉批：「鳳字疑錯。」

〔四〕眉批：「侵字疑錯。」

附録

內院大學士臣馮銓、洪承疇謹奏啓爲甄别人才，以慎職掌疏：竊惟明朝内閣原有制勅、誥勅兩房。中書職辨制誥勅文，與夫抄謄票擬等項，職司秘密；又有史館辦事效勞供事等官，皆充史局書寫，與閣中服勞之用。今大清新政，名爲内院而機務與内閣等，兩房中書及辦事效勞等官，皆仍其舊時。當開創之際，事務殷繁，六部事宜與外撫鎮道將及府州縣衛所，皆日有文移申詳到院，不得不添設直堂六房科供事等官，然後可分辦衆務。而門官火房則内閣舊有，其員不屬添設，其中書官向來舊規，有由史館而轉誥勅房者，有由誥勅房而轉制勅房者，亦有以文才特選徑入制勅房者。臣等恐開國之初，其源不清，則其流日濫，一有敗類之士、冗食之徒輕廁其間，將來益無底止。是以公同面選，不避恩怨，嚴加澄汰。撰文者試其文章，能書者驗其筆札，然後公同註定，由史館而拔之誥勅房，由誥勅房而調之制勅房。今有制勅房試中書舍人吴贊元，例支半俸，今爲新政用人，科甲一體擢用，願實授不再會試。臣等於五月内公同批令掌西房事，應准實授中書舍人，得支全俸。有布衣王之佐，先經條陳政事，切中肯綮。臣等公同批送吏部，給以文憑，赴内院辦中書事，將及兩月。又有廩生李雯〔一〕，兵部侍郎金之俊與諸臺舉薦，諸臺臣公薦，内院公薦，臣等取試一月，見其學問淹貫，文理精通，堪於制勅房辦事。此二員皆應先授試中書舍人，至於史館效勞直堂六房供事等官，皆使之各供其職，其餘先朝有事故，及試驗才藝不精、年力衰弱，並久不赴衙門者，仍留史館，責其後效，或多行汰退，不使混雜，比外尚有爲流賊所傷，不能旦夕受事，應令再加調理，别候驗用，俱已列在册内，一一分明，彙册竢資深勞久，考核敘補。奉睿覽，再俟其資深勞久，訪其行誼，察其無過，或才學出群，可膺大受。或日夕勤劬，諸務熟練，容臣等從公薦舉，以待王上不次之擢。庶幾人知勉勵，共效清忠，臣等亦得收作人勤事之實矣。謹啓。

順治元年七月二十二日具啓，二十三日奉令旨：是，吏部知道。

清抄本《順治元年内外官署奏疏》

〔一〕此李雯，即爲與陳子龍、宋徵傳，齊名爲「雲間三子」之一之李雯，此亦可見其降清爲官爲實事。

馮銓跋王獻之書《洛神賦》

唐人書首推歐、虞，虞書内含剛柔，歐則外露筋骨，君子藏器，以虞爲優。余酷嗜永興《夫子廟堂碑》，謂晋代風流，猶存遺韻。今觀此卷，有「世南」二字印，朱色宛然，足見其生平得力處。前後又有「宣和」「紹興」二小璽，知是宋御府所收，淳熙續帖所刻，後周越跋者即此也。昔人謂永興書得之智永，觀永師鐵門限，横畫必細，直畫必肥，似稍有習氣，豈若大令此書，如龍蛇屈伸，不可方物耶！泝流窮源，惟鍾太傅《力命表》可稱一家眷屬，他如《薦季直》及逸少臨鍾諸帖，運筆重滯，爲後來拙書開一便門，吾所弗取。崇禎十四年辛巳涿鹿馮銓。

清刻本馮銓編《快雪堂法書》

馮銓，字振鷺，順天涿州人。明萬曆進士，授檢討。諂事魏忠賢。累遷文淵閣大學士兼户部尚書，加少保兼太子太保，以微忤罷去。莊烈帝既誅忠賢，得銓罷官後壽忠賢百韻詩，論杖徒，贖爲民。

順治元年，睿親王既定京師，以書徵銓，銓聞命即至，賚冠服、鞍馬、銀幣。令以大學士原銜入内院佐理機務，與大學士洪承疇疏請復明票擬舊制，又與大學士謝陞等議定郊社、宗廟樂章。十月朔，世祖御皇極門受賀，給事中孫承澤疏糾朝班雜亂，語侵内院。銓與陞、承疇乞罷，諭令益殫忠猷，以襄新治。

二年，授弘文院大學士兼禮部尚書。御史吴達劾銓向降將姜瓖索銀三萬，計以封拜，未稱其意；内院政本所關，乃令其子源淮擅入，張宴歡飲。給事中許作梅、莊憲祖、杜立德，御史王守履、羅國士、鄧孕槐、桑芸等亦交章劾銓得招撫侍郎江禹緒金；爲源淮賄招撫侍郎孫之獬充標下中軍；禮部侍郎李若琳爲銓黨羽，庸懦無行。御史李森先疏繼入，語尤峻，略謂：「明二百餘年國祚，壞於忠賢，而忠賢當日殺戮賢良，通賄謀逆，皆成於銓。此通國共知者。請立彰大法，戮之於市。」疏並下刑部鞫問，刑部以所劾不實，啓睿親王。王集廷臣覆讞，以銓降後與之獬、若琳皆先薙髪，之獬家男婦並改滿裝，諸臣遂謀陷害。王謂三人者皆恪遵本朝法度，詰責科道諸臣。給事中龔鼎孳言銓附忠賢作惡，銓亦反詰鼎孳嘗降李自成。王問鼎孳：「銓語實否？」鼎孳曰：「豈惟鼎孳，魏徵亦嘗降唐太宗。」王因斥鼎孳，遂寢其事。以森先言過甚，奪官，互見森先傳。

三年正月，銓疏言：「臣蒙特召入内院，列同官舊臣之前，臣固辭不敢。攝政王面諭：『國家尊賢敬客，卿其勿讓！』今海宇漸平，制度略定。金臺駿骨，暫示招徠。久假不歸，實逾涯分。况叨承寵命，賜婚滿洲，理當附籍滿洲編氓之末。迴繹尊賢敬客之諭，輾轉悚懼，特懇改列范文程、剛林後。如以新舊爲次，並當列祁充格、寧完我後。」得旨：「天下一統，滿、漢無分别。内院職掌等級，原有成規，不必再定。」是年命典會試，列范文程、剛林後，寧完我前。四年，復典會試。六年，加少傅兼太子太傅。

八年，上親覈諸大臣功績，諭：「銓先經吴達奏劾得叛將姜瓖賄，便當引去；乃隱忍居官，七年以來，無所建白，令致仕。李若琳憸險專擅，與銓朋比爲奸，奪官，永不敘用。」銓既罷，代以陳名夏，坐事奪官；代以陳之遴，亦不久罷。上復召銓還，諭曰：「國家用人，使功不如使過。銓素有才學，博洽諳練，朕特召用，以觀自新。」銓至，召見，又與承疇、文程等同夕對論翰林官賢否，上曰：「朕將親試之。」銓奏曰：「南人優於文而行不符，北人短於文而行或善。今取文行兼優者用之可也。」上頷之，仍授弘文院大學士。以議總兵任珍罪坐欺飾論絞，上命寬之。銓入謝，奏對失旨，諭誡之。

龔鼎孶爲左都御史，復劾銓，上命指實。鼎孶言銓罪過頗多，惟以密勿票擬，非如諸曹有實可指，上切責鼎孳。十二年，居母喪，命入直如故。尋加少師兼太子太師。十三年，上以銓衰老，加太保致仕，仍令在左右備顧問，銓疏請回籍，許之。十六年，改設内閣，命以原銜兼中和殿大學士。康熙十一年，卒，謚文敏。旋命削謚。

清趙爾巽等撰《清史稿》，中華書局，一九七七年

馮銓。諂附贊導：父雖向與内通，到閣因而協贊，門生密友，代嗾噬人，要典主持，尤爲罪案。傳聞揭救周宗建等，又分遣中使時曾有阻止，積愆莫贖，未減可需。

崇禎欽定《閹黨逆案》，録自清文秉撰《先撥志始》，上海書店，一九八二年

圖書在版編目（CIP）數據

獨鹿山房詩稿 /（清）馮銓著；黄成蔚，張夢新點校. -- 杭州：浙江人民美術出版社, 2022.5
（藝文叢刊）
ISBN 978-7-5340-8022-7

Ⅰ. ①獨… Ⅱ. ①清… ②黄… Ⅲ. ①古典詩歌—詩集—中國—明代 Ⅳ. ①I222.748

中國版本圖書館CIP數據核字(2020)第000382號

獨鹿山房詩稿
〔清〕馮銓 著　黄成蔚　張夢新 點校

責任編輯：張金輝
責任校對：余雅汝
整體設計：傅笛揚
責任印製：陳柏榮

出版發行　浙江人民美術出版社
　　　　　(杭州市體育場路347號)
經　　銷　全國各地新華書店
製　　版　浙江時代出版服務有限公司
印　　刷　浙江海虹彩色印務有限公司
版　　次　2022年5月第1版
印　　次　2022年5月第1次印刷
開　　本　787mm×1092mm　1/32
印　　張　4
字　　數　80千字
書　　號　ISBN 978-7-5340-8022-7
定　　價　58.00圓